KARL

Karl Vierstein besucht auch die 5b. Er ist ein absolutes Superhirn und kennt sich mit moderner Technik bestens aus.
Karl wohnt nicht im Internat, sondern lebt bei seinen Eltern in der Villa Vierstein.

GABY

Gaby Glockner und Oskar machen TKKG komplett. Gaby wohnt bei ihren Eltern und liebt Tiere über alles.
Ihr Vater ist Kommissar, so haben die Detektive immer einen guten Draht zur Polizei.

TKKG JUNIOR

TKKG JUNIOR

Die Honigfalle

Erzählt von Kirsten Vogel
Nach Motiven von Stefan Wolf

KOSMOS

Umschlag- und Innenillustrationen von COMICON S. L. / Beroy+San Julian
Umschlaggestaltung: Weiß-Freiburg GmbH

TKKG Junior, Die Honigfalle erzählt von Kirsten Vogel
Nach Motiven von Stefan Wolf mit freundlicher Genehmigung der SONY MUSIC Entertainment Germany GmbH

TKKG Junior ist eine eingetragene Marke der SONY MUSIC Entertainment Germany GmbH

Unser gesamtes lieferbares Programm und viele weitere Informationen zu unseren Büchern, Spielen, Experimentierkästen, Aktivitäten, Autorinnen und Autoren findest du unter **kosmos.de**

MIX
Papier aus verantwortungsvollen Quellen
FSC® C014138
FSC www.fsc.org

Gedruckt auf Cradle to Cradle Certified™ Munken Papier

ISBN 978-3-440-17596-5
Redaktion: Lea Hille
Lektorat: Anja Herre
Grundlayout und Satz: DOPPELPUNKT, Stuttgart
Produktion: Verena Schmynec
Druck und Bindung: Finidr, s.r.o., Český Těšín
Printed in Czech Republic / Imprimé en République tchèque

Inhalt

Blütenstaub statt Feinstaub

»Geradeaus, Karl!«, rief Gaby gegen den Motorenlärm an. Sie fuhr hinter ihrem Freund auf dem schmalen Radweg. Auf der Straße, die ins Zentrum der Millionenstadt führte, rasten Autos an ihnen vorbei. Karl hob die Hand zum Zeichen, dass er Gaby verstanden hatte. Sie radelten auf eine Kreuzung zu. Gaby trat kräftig in die Pedale, um hinter Karl noch bei Grün über die Straße zu kommen. Die beiden waren spät dran. Heute fand vor dem Rathaus eine Demo gegen den geplanten Ausbau der Stadtautobahn statt. Da wollten Gaby und ihre Freunde unbedingt dabei sein.

Gerade als Karl über die grüne Ampel fahren wollte, kam von hinten ein großer Wagen angerauscht. Ohne zu blinken, bog er plötzlich nach rechts ab.

»Karl!«, schrie Gaby. »Pass auf!«

Im letzten Moment bremste Karl. Gaby konnte nur knapp ausweichen. Ihr Hund Oskar, der bei ihrer Voll-

bremsung durchgeschüttelt wurde, jaulte auf. Entsetzt beobachteten die beiden, wie der SUV sofort wieder Gas gab und davonfuhr.

»Das hätte in die Hose gehen können.« Gaby nahm Karl erleichtert in den Arm. »Du hattest Vorfahrt, die Fahrradampel war grün.«

Karl war vor Schreck ganz bleich. »Danke, Gaby. Ich hab den nicht kommen sehen.«

»Du hast ja auch keine Augen im Hinterkopf. Der hätte *dich* sehen müssen. Aber die SUVs sind alle viel zu hoch. Die können uns Kinder übersehen.« Gaby wischte sich eine Haarsträhne aus der Stirn. »Leider hab ich mir das Kennzeichen nicht gemerkt. Gegen die Raser muss etwas unternommen werden!«

Karl nickte. »Breitere Fahrradwege wären auch gut.«

Etwas langsamer fuhren die beiden nun weiter und kamen eine Viertelstunde später am Rathausplatz an, wo Tim und Klößchen schon auf sie warteten.

»Ihr seid ganz schön spät«, beschwerte sich Tim.

Gaby hob Oskar aus dem Fahrradkorb. »Und ihr glaubt nicht, was uns gerade passiert ist.«

»Was denn?«, wollte Klößchen sofort wissen.

»Ein Autofahrer hat mich beinahe umgenietet«, berichtete Karl. Er nahm den Helm ab. Sein Gesicht war immer noch blass und die Haare klebten schweißnass an der Stirn.

Klößchen sah seinen Freund besorgt an. »Ist dir nicht gut? Setz dich erst mal.« Er hakte Karl unter und ging mit ihm zu einer Bank. Während Klößchen nun in seinem Rucksack herumwühlte, setzte sich Tim neben Karl. Er reichte ihm seine Wasserflasche. »Trink einen Schluck.«

Karl nippte. »Wenn Gaby nicht gewesen wäre, dann wäre ich jetzt im Krankenhaus und ihr müsstet ohne mich demonstrieren.«

»Ohne dich machen wir gar nichts.« Klößchen hatte gefunden, wonach er gesucht hatte. Er zog eine Tafel Schokolade aus dem Rucksack. »Die ist jetzt genau das Richtige für dich. Papas neue Honig-Meersalz-Mandel-Schokolade. Da hast du eine bunte Mischung aus Elektrolyten, Zucker und glücklich machendem Kakao in einem. Damit wird dir der Schreck direkt aus den Knochen rauskatapultiert.«

Karl nahm ein Stück.

»Ich empfehle, es auf der Zunge zergehen zu lassen, aber nicht zu lang, und dann zu kauen«, erklärte Klößchen und brach sich ein Rippchen ab. Sein Vater war der bekannteste Schokoladenfabrikant der Millionenstadt und Klößchen schätzte sich darüber sehr glücklich. Er liebte nichts mehr als seine Freunde und Schokolade. Und er war sich sicher, dass es für jede Lebenslage die perfekte Schokolade gab. »Schmeckt sie?«

Karl nickte kauend.

»Du siehst auch nicht mehr ganz so käsig aus«, stellte Gaby erleichtert fest.

»Los.« Tim stand auf. »Ihr wisst doch, in welcher Mission wir hier sind.« Er zeigte auf eine Traube von Menschen, die sich vor dem Eingang des Rathauses versammelt hatte.

Klößchen nahm Tims Trinkflasche und goss damit eine gelbe Löwenzahnblume, die einsam zwischen den grauen Pflastersteinen hervorlugte. „Klar doch! Wir

sind hier, um für mehr Grünflächen in der Stadt zu demonstrieren.«

»Weniger Straßen und mehr Fahrradwege«, ergänzte Karl entschlossen.

»Papi ist auch da«, berichtete Gaby. »Und Mama auch. Sie meinte, wir bräuchten eine Aufsichtsperson.«

Tim runzelte die Stirn. »Uns passiert doch nichts. Außerdem sind wir oft genug ohne Eltern unterwegs.«

Klößchen steckte den Rest seiner Tafel wieder ein. »Genau. Und da es uns sogar gelingt, Verbrechen aufzuklären, verstehe ich nicht, warum wir Aufsichtspersonen brauchen. Wir setzen uns ja nur für Bienen und Blumen ein.«

Gaby zuckte die Schultern. »Ist doch egal. Je mehr Leute hier mit uns demonstrieren, umso besser.«

Oskar wuffte.

»Und natürlich ist auch jeder protestierende Cockerspaniel willkommen«, ergänzte Tim.

Tim Carsten, Karl Vierstein, Wilhelm »Klößchen« Sauerlich und Gaby Glockner gingen zusammen in die 5b des Internats. Alle vier waren in der Garten-AG *Wilder Löwenzahn* und hatten sich vorgenommen, die Millionenstadt grüner zu machen. Aber die Freunde setzten sich nicht nur für den Umweltschutz ein, sondern hatten auch einen Detektivklub gegründet und nannten sich TKKG.

Durch Gabys Vater, der Kriminalkommissar war, hatten die Detektive einen guten Draht zur Polizei.

»Gaby, ist dein Vater privat hier oder ist er im Dienst?«, erkundigte sich Tim.

»Im Dienst«, erklärte Gaby.

»Kann er auf einer Schnellstraße eigentlich besser Verbrecher jagen?«, überlegte Klößchen.

Gaby zuckte mit den Schultern. »Schon möglich, aber privat fährt er lieber Fahrrad.«

TKKG schulterten ihre Rucksäcke und näherten sich der Menschentraube.

»Es wäre wirklich sehr freundlich, wenn Sie mal mit uns sprechen würden, Herr Wichtigmann«, rief eine Frau. Sie trug ein T-Shirt mit einer Biene darauf und eine weite Jeans. Ihre Haare waren zu einem lockeren Dutt gebunden und ein paar rotblonde Strähnen kräuselten sich um ihr Gesicht.

Karl reckte den Hals und zeigte auf die schwere Rathaustür, die sich in diesem Moment öffnete. Bürgermeister Wichtigmann kam heraus. Buhrufe ertönten aus der Menge.

»Guten Tag, ich bin Anna. Wir fordern Sie auf, nicht in das Straßennetz zu investieren, sondern in Radwege. So schützen Sie die Natur und die Radfahrer«, rief die Frau mit dem Bienen-T-Shirt.

Der Bürgermeister richtete seine Krawatte und ließ sich von seinem Mitarbeiter ein Mikrofon reichen. »Ich bin sehr froh, dass sich so viele junge Menschen für unsere Umwelt engagieren.«

»Der heuchelt doch«, ärgerte sich Gaby.

»Und was tun Sie für die Umwelt?«, donnerte eine Männerstimme aus der Menge. TKKG erkannten einen Mann mit schulterlangen blonden Haaren, der einen Kapuzenpulli mit einer Biene darauf trug.

»In diesem Augenblick werden Bienenkästen auf dem Rathausdach aufgebaut«, erklärte der Bürgermeister stolz. »Mir ist es wichtig, dass wir die Artenvielfalt auch in der Millionenstadt schützen.«

»Wie wäre es dann mit mehr Grünflächen und weniger Beton?«, rief Gaby.

»Wir müssen zukunftsfähig sein«, fuhr der Bürgermeister ungerührt fort. »Dafür brauchen wir die Mobilität der Bürger und Bürgerinnen, auch um wirtschaftlich zu bleiben.«

Die Buhrufe wurden lauter.

Gaby schüttelte wütend den Kopf. »Das sind doch alles Scheinargumente.«

»Scheinargumente?« Klößchen runzelte die Stirn.

»Erklärungen, die sich gut anhören, aber nicht wahr sind«, erklärte Karl. »Wichtigmann täuscht uns.«

»Aber die Bienen sind doch wirklich auf dem Dach, oder nicht?«, wandte Klößchen ein.

»Ich denke schon«, sagte Tim.

»Wusstet ihr, dass es ohne Bienen kaum noch Nahrung in unseren Supermärkten gäbe?«, fragte Karl.

»Sie bestäuben sehr viele Pflanzen und ohne ihre Arbeit würde zum Beispiel kein Obst und Gemüse mehr wachsen«, führte Tim fort.

»Na ja, Gemüse würde ich nicht so vermissen«, räumte Klößchen ein und erntete einen belustigten Blick von Tim. »Obst dafür umso mehr«, schob er hinterher. »Und sie bestäuben sogar Kakaobäume.« Plötzlich wurde er bleich. »Ich will es mir einfach nicht vorstellen, wie ein Leben ohne Schokolade machbar sein soll.« Er schüttelte den Kopf. Doch plötzlich hellte sich seine Miene wieder auf. »Vielleicht sollten wir in den Garten der Schokoladenfabrik auch ganz viele Bienenstöcke stellen. Dann wäre der Honig für unsere Honig-Meersalz-Mandel-Schokolade direkt an Ort und Stelle. Und ich könnte mich persönlich um die Bienen kümmern.«

Karl nickte. »Gar keine schlechte Idee, auf die Weise gäbe es keine lange Lieferkette mehr und weniger Autos.«

»Ich wünsche Ihnen und euch noch einen schönen Tag«, sagte der Bürgermeister gerade. Mit schnellen Schritten lief er die Treppe hinauf und verschwand im Rathaus.

Wieder wurden Buhrufe laut.

»Los! Wir machen eine Sitzblockade«, rief der Mann im Bienenpulli. Ehe TKKG sich versahen, waren einige der Demonstrierenden bereits an der Ampel. Die Hauptverkehrsstraße, die am Rathaus vorbeiführte, war stark befahren. Als die Fußgängerampel auf Grün sprang, lief die Gruppe los. In der Mitte des Überwegs setzten sie sich im Schneidersitz auf die Straße.

»Hey, das ist verboten!«, warnte Kommissar Glockner.

Und schon schaltete die Ampel wieder auf Rot, dafür wurde es nun für die Autos grün. Die Autofahrer begannen zu hupen, aber niemand rührte sich vom Fleck.

Immer mehr Autos mussten anhalten. Das Hupen schwoll an.

Klößchen reckte den Hals. »Mann, das ist ja jetzt schon ein Stau.«

»Manchmal kommt man nur an sein Ziel, wenn man härtere Geschütze auffährt«, sagte Karl.

»Aber einen Stau zu erzeugen ist auch nicht das

Beste für die Umwelt«, schimpfte Klößchen. »Guck mal, der Löwenzahn dahinten bekommt die ganzen Abgase ab.«

»Feinstaub«, wusste Karl, »ist sehr schlecht für Lebewesen. Er setzt sich in der Lunge fest und kann Krankheiten verursachen.«

»Ich möchte nur Blütenstaub einatmen«, erklärte Klößchen hustend. Er deutete auf einen Mann in einem weißen Ganzkörperanzug mit Hut, der gerade die Rathaustreppe herunterlief. »Hat ja nicht jeder die perfekte Schutzkleidung parat.«

Gaby musste lachen. »Das ist ein Imkeranzug.«

Sie beobachteten, wie der Mann die Straße überquerte. Dann lief er zu einem Kastenwagen mit der Aufschrift *Imkerei Goldblüte*.

»Das ist bestimmt der Imker, der gerade die Bienenkästen auf dem Rathausdach aufgestellt hat«, mutmaßte Tim. Der Mann zog seinen Anzug aus. Darunter kamen eine Jeans und ein graues Hemd zum Vorschein, das zu seinen Haaren passte. Den Imkeranzug verstaute er im Kofferraum.

Die Freunde waren nun auch an der Ampel angelangt. Tim nahm Oskar auf den Arm. »Nicht, dass du von den ganzen Abgasen gleich husten musst.« Oskar wuffte heiser.

»Herr Glockner«, tönte plötzlich die Stimme des Bürgermeisters neben ihnen. »Bitte lösen Sie die Barrikade auf.«

»Wir gehen erst, wenn Sie Ihre Pläne für den Straßenausbau zurückziehen«, rief Anna, die vom Rufen ebenfalls heiser klang.

»Ich habe schon alles dazu gesagt: Die Bürger und Bürgerinnen der Millionenstadt wollen mobil bleiben. Und wir müssen wirtschaftlich sein, auch in der Zukunft.«

Der junge Mann mit dem Bienenpulli verschränkte die Arme. »Sie gefährden Menschen auf Rädern und die Natur. Kein einziges gutes Argument ist auf Ihrer Seite.«

Der Bürgermeister schüttelte den Kopf. »Mit Menschen, die andere blockieren, spreche ich nicht.« Er wandte sich an den Kommissar. »Kümmern Sie sich darum.« Dann drehte er sich weg und lief zu einem SUV, der in der Nebenstraße parkte.

»Er scheint jemand von der Sorte zu sein, die gern dicke Autos fahren.« Gaby rümpfte die Nase.

TKKG beobachteten, wie Bürgermeister Wichtigmann neben seinem Wagen stehen blieb. »So ein verdammter Mist!«, rief er. »Der Reifen ist platt.«

Die Freunde warfen sich einen Blick zu.

»Ob jemand den Reifen absichtlich zerstochen hat?«, sprach Karl es als Erster aus.

Summ, summ, summ

Einen Moment überlegte der Bürgermeister, dann winkte er eilig ein Taxi heran und brauste damit in die andere Richtung davon.

»Sie müssen die Straße räumen«, sagte der Kommissar mit ernster Stimme. »Ansonsten muss ich Sie hier wegtragen lassen.«

»Dann machen Sie das doch«, krächzte Anna.

Jetzt wurde es Gaby zu viel. »Der Mann dahinten möchte gern ausparken«, mischte sie sich ein und zeigte dabei auf den Imker.

»Wenn ihr hier sitzen bleibt, geht das aber nicht.«

»Kein Problem«, rief der ältere Herr mit einem freundlichen Lächeln. »Ich nehme die S-Bahn.« Er schloss sein Auto ab und reichte Anna ein Bonbon. »Gegen die Heiserkeit.« Dann marschierte er davon.

TKKG beobachteten, wie Anna sich etwas in die Hosentasche steckte und ein Bonbon auswickelte. »Er hat mir Honigbonbons gegeben«, sagte sie ihrem Freund. »Magst du auch eines, Paul?«

»Für mich ist es schon ein Problem!«, rief eine Frau aus ihrem Autofenster. »Ich muss zur Arbeit!«

»Außerdem wird die Feinstaubwolke immer dicker«, ergänzte Klößchen.

»Das stimmt.« Karl nahm seine Brille ab und putzte sie an seinem T-Shirt. »Und leider fahren sie auch noch zu schnell. Ich wäre vorhin auch beinahe umgefahren worden.«

»Habt ihr euch das Kennzeichen gemerkt?«, funkte der Kommissar dazwischen.

Gaby schüttelte den Kopf. »Wir sind erschrocken und das Auto ist so schnell weggedonnert.«

»Deshalb sind wir auch für den Ausbau der Radwege und für weniger Autos in der Stadt«, mischte sich Anna ein.

»Dafür sind wir auch«, sagte Gaby. »Aber das muss

man doch mit friedlicheren Mitteln zu erreichen versuchen.«

»Die Blockade bringt nichts«, fand auch Karl. »Und der Bürgermeister ist gerade weggefahren.«

Tim sah auf die Uhr. »Leute, die Garten-AG startet gleich.«

»Dann sollten wir jetzt los«, meinte Gaby.

»Ihr habt vielleicht recht.« Anna erhob sich und stupste Paul an. »Wir haben wohl auch noch etwas zu tun.«

Nach und nach löste sich die Sitzblockade wieder auf.

»Wie habt ihr das denn gemacht?«, fragte Herr Glockner.

Gaby zuckte die Schultern.

Frau Glockner trat neben Gaby und legte den Arm um sie. »Gaby ist halt meine Tochter. Sie weiß, wie man mit Menschen spricht, und regelt die Dinge mit Verstand.« Sie sah zu Tim, Karl und Klößchen. »Genau wie ihr.«

»Was willst du denn damit sagen, Erna?«, fragte der Kommissar beleidigt.

Frau Glockner musste lachen. »Ach komm, du bist

doch auch sehr schlau. Du hast heute Morgen meine Brille gefunden.«

Gaby prustete los. »Sie war auf deinem Kopf.«

Frau Glockner zwinkerte den Detektiven zu. »Soll ich euch mitnehmen?«

»Wir haben jetzt Garten-AG und fahren mit dem Rad«, verkündete Karl.

Als sie sich verabschiedet hatten, raunte Tim: »Ich muss mir den platten Reifen unseres Bürgermeisters noch mal genauer ansehen.«

Zusammen schlichen die Detektive zu dem parkenden Wagen.

»Mannomann«, staunte Klößchen. »Die Reifen gehen uns ja bis zum Hals.«

»Und dem Bürgermeister steht das Wasser bis zum Hals«, kommentierte Tim, während er aus dem platten Vorderreifen ein Messer mit Holzgriff herauszog.

»Ach du Schreck!«, kommentierte Karl. »Was ist denn das für ein Teil?«

Tim holte einen Beutel aus seinem Rucksack und ließ das Messer darin verschwinden. »Dann sichern wir das hier erst mal.«

»Wasser bis zum Hals?«, griff Klößchen Tims Kommentar auf. »Meinst du, Herr Wichtigmann ist in Gefahr?«

»Vielleicht«, grübelte Tim.

»Kommt, wir kümmern uns darum, aber jetzt müssen wir erst mal unsere Blumen gießen«, meinte Karl.

Als TKKG im Internatsgarten ankamen, hatten die anderen zusammen mit dem Biologielehrer Herrn Keismar schon mit der Lagebesprechung begonnen. Die AG *Wilder Löwenzahn* war Gabys Idee gewesen und mittlerweile machten viele mit. Auf einer brachliegenden Fläche hatten sie den Garten zusammen geplant und angelegt. Erste Beete waren bepflanzt.

Es gediehen bereits Erdbeeren, Radieschen und Kürbis. Auch bunte Blumen öffneten nach und nach ihre Knospen.

Für den Anfang hatte Klößchen einige Buchsbäume aus dem Garten der Villa Sauerlich mitgebracht, die die Freunde als natürliche Abgrenzung zum Schulhof gepflanzt hatten. »Ich würde gern die Buchsbäume rund schneiden«, verkündete er. »Oder wir schneiden Figuren rein. Ich weiß, wie das geht. Hat mein Vater mir gezeigt.«

»Und wozu brauchen wir Baumfiguren?«, mischte sich Nick Frenzel aus der Parallelklasse ein.

»Er will zeigen, dass er noch mehr draufhat, als

sich Schokolade in den Mund zu pflanzen«, ätzte sein Freund Bennet von Lotzow.

»Pfff! Ihr wisst ja noch nicht mal, dass man junge, blühende Apfelbäume mit einem Mantel aus Vlies vor Frost schützen sollte«, konterte Klößchen genervt. Er lief zu einem Beet, in das er Samen gesät hatte. »Guckt mal!«, rief er stolz. »Meine Radieschen werden immer größer!«

»Ja, eure Bemühungen tragen nun im wahrsten Sinne des Wortes erste Früchte«, freute sich Herr Keismar.

Klößchen zeigte auf die Kürbisse, die er züchtete. »Den dahinten habe ich auserkoren«, sagte er stolz. »Bis zum Herbst wird er der größte Kürbis der Millionenstadt sein.«

»Dann braucht er besonders viel Zuwendung und Wasser.« Gaby rollte den Gartenschlauch aus.

Klößchen lief zur Rückseite der Turnhalle und drehte den Außenhahn auf. »Was steht heute auf dem Plan?«

»Heute säen wir Wildblumen«, sagte Gaby, während sie mit dem Schlauch die Pflanzen wässerte. »Und legen den Kompost an.«

»Ich werde weiter an den Hochbeeten arbeiten«, verkündete Tim und holte aus dem kleinen Gartenhäuschen, das sie mit Herrn Glockners Hilfe aufgestellt hatten, eine Werkzeugkiste.

»Tim will hoch hinaus«, witzelte Nick.

Gaby verdrehte die Augen. »Mensch, könnt ihr mal aufhören, so rumzustänkern?«

»Okay.« Nick zuckte mit den Schultern.

»Wo sind denn die Wildblumensamen?«, fragte Gaby. »Habt ihr die?«

Wie aufs Stichwort kam Oskar angewetzt. In der Schnauze hatte er eine Tüte mit Wildblumensamen.

»Wie süß, Oskar will uns helfen«, freute sich Tim.

»Die Wildblumen sind besonders wichtig für die Bienen«, erklärte Karl. »Damit sollten wir einen Bienenweide anlegen.«

»Bienenweide«, kicherte Klößchen. »Wie eine Pferdeweide. Da grasen aber keine Pferde, dafür blümeln die Bienen.«

»So ähnlich.« Karl schob seine Brille nach hinten. »Sie saugen Nektar aus den Blüten und sammeln gleichzeitig Pollen. Damit befruchten sie dann die nächste Blume, auf der sie landen.«

»Ganz genau, so pflanzen sich die Blumen fort«, bestätigte Gaby. »Mithilfe der Bienen. Wegen der Landwirtschaft und des ganzen Betons in den Städten gibt es immer weniger bienenfreundliche Pflanzen und Blumen.«

Klößchen sah besorgt aus. »Und wenn die Bienen nicht genug finden, verhungern sie. Und dann gibt es weniger Bienen und weniger Pflanzen.«

Karl nickte. »Außerdem werden in der Landwirtschaft oft Pflanzenschutzmittel verwendet, die den Bienen schaden und sie krank machen.«

»Solche Mittel verwenden wir nicht.« Klößchen entdeckte einen Marienkäfer auf dem Blatt eines Johannisbeerstrauchs. »Wusstet ihr, dass Marienkäfer Blattläuse fressen?«

Gaby sah sich die kleine Tüte mit den Wildblumensamen an. »Stellt euch vor, wie toll das bald aussieht. Dann blühen hier knallroter Mohn, duftender Lavendel, blaue Kornblumen und weiß-gelb leuchtende Kamille.«

»Ich werde heute weiter am Bienenhotel arbeiten«, verkündete Karl. Er holte kurz gesägte Bambusstangen aus seinem Rucksack. »Die hatten wir im

Keller.« Mit den Stangen lief er zu dem Holzkasten, der als Nisthilfe für Wildbienen dienen sollte. Er wollte ihn außerdem mit Rinde, Zweigen und Tannenzapfen bestücken. »Wusstet ihr, dass es in Deutschland über 500 verschiedene Wildbienenarten gibt?«

»Auch in der Millionenstadt?« Klößchen staunte. »Die brauchen alle mehr Bienenhotels und Blumen!«

»Auf dem Rathausplatz müsste auch mal was passieren«, seufzte Gaby. »Alles ist zugepflastert.«

»Das wurde wohl aus historischen Gründen so gemacht«, wusste Karl. »Der Platz soll so aussehen wie vor hundert Jahren. Früher sind Kutschen über die Pflastersteine gebrettert.«

»Die Kutschen haben immerhin keinen Feinstaub produziert«, überlegte Tim.

»Und damals gab es bestimmt mehr Äpfel«, sagte Klößchen.

»Pferdeäpfel«, schob er hinterher.

»Wir müssen in der Stadt gärtnern«, sagte Gaby.

»Ja, ganz recht«, schaltete sich Herr Keismar ein. »Urban Gardening geht Hand in Hand mit der Imkerei.«

Nachdenklich betrachtete Gaby das Bienenhotel,

in welches Karl gerade eine Bambusstange steckte. »Wie wäre es«, brach es plötzlich aus ihr heraus, »wenn wir auch Imker und Imkerinnen werden?«

Klößchen machte große Augen. »Du möchtest Bienenbeuten hier aufstellen?«

»Au ja!« Karl war sofort Feuer und Flamme. »Ich habe mal gelesen, dass man mit zwei Völkern anfangen kann. In einem Volk leben im Schnitt fünfzigtausend Bienen.«

»Wie toll!«, rief Klößchen. »Als Kind wollte ich immer eine zahme Hummel haben.«

Karl runzelte die Stirn. »Warum?«

»Weil die so flauschig sind.«

Oskar wuffte.

»Du bist natürlich flauschiger«, sagte Klößchen schnell und wuschelte dem Hund übers Fell. »Aber fünfzigtausend Bienen als Nutztiere, um die man sich kümmern kann – das fände ich toll!«

Karl nickte. »Wir würden nicht nur unserem Garten Gutes tun, sondern auch etwas gegen das Bienensterben unternehmen!«

Herr Keismar kratzte sich am Kopf. »Ihr habt gute Ideen. Ich muss mal mit Herrn Freund sprechen.«

Karl grübelte. »Auf dem Wagen dieses älteren Herrn war der Schriftzug *Imkerei Goldblüte.*« Noch während er das sagte, hatte er sein Handy aus der Hosentasche gezogen und recherchierte im Internet. »Hier, die Imkerei ist ein Familienbetrieb. Die Inhaberin heißt Felicitas Thiele. Ihr Vater, Klaus Thiele, ist auch noch mit dabei. Das ist der Mann, den wir gesehen haben.« Karl entfernte sich. »Ich rufe da mal an.«

Herr Keismar staunte. »Wenn ihr nur im Unterricht auch so engagiert wärt!«

»Osmose in Blattzellen ist halt nicht so spannend wie Blumen und Bienen«, gab Klößchen zu.

»Aber alles hängt doch miteinander zusammen«, wandte Herr Keismar ein. »Ohne Osmose keine Pflanze, ohne Pflanze keine Bienen und umgekehrt.«

Karl telefonierte bereits mit der Imkerei. »Wirklich? Das ist ja toll!«, hörten sie ihn sagen. Er legte auf und strahlte. »Die Garten-AG ist herzlich eingeladen. Wir dürfen noch heute vorbeikommen.«

Die meisten Schüler der Garten-AG hatten entweder noch etwas vor oder mussten Hausaufgaben machen, und so hatten nur TKKG sich gemeinsam mit Herrn Keismar direkt auf den Weg gemacht. An der Endhaltestelle der S-Bahn waren sie ausgestiegen. Den Rest des Weges legten sie mit den Rädern zurück. Hier, am Rand der Millionenstadt, waren die Häuser nicht mehr ganz so hoch, die Gärten größer und die ersten Felder zu erkennen.

»Wir sind da!«, rief Gaby, die mit Oskar im Fahrradkorb vorausgefahren war. Sie bogen ab und fuhren durch eine Einfahrt auf einen großen Hof. Auf der rechten Seite befand sich ein Wohnhaus, auf der linken ein großes Holzhaus, auf welchem in goldgelben Buchstaben *Imkerei Goldblüte* geschrieben stand.

Sie stellten ihre Räder in den Ständer neben einem Schaufenster, in welchem Honiggläser und Bienenwachskerzen ausgestellt waren.

»Süß«, schwärmte Gaby. »Ein Hofladen.« Sie hob Oskar aus dem Fahrradkorb und nahm ihn an die Leine.

Geradeaus ging es zu einer großen Wiese mit alten Bäumen und bunt blühenden Blumen. Das Gras wuchs wild und war nicht gemäht. Überall standen bunte Bienenkästen. Vogelgezwitscher vermischte sich mit dem Summen.

Imkerei
Goldblüte

Eine Frau mit Imkerhut kam ihnen entgegen. Sie hob den Schleier des Hutes an, darunter kringelten sich rote Locken. »Willkommen«, sagte sie freundlich. »Ihr seid die Garten-AG des Internats?«

»Genau.« Karl streckte die Hand aus. »Wir haben telefoniert. Ich bin Karl.«

»Mein Name ist Felicitas Thiele«, sagte die Frau und lächelte.

»Keismar.« Der Biologielehrer schüttelte ebenfalls die Hand der Imkerin. »Herzlichen Dank, dass Sie so kurzfristig Zeit für uns haben.«

»Na klar«, sagte Frau Thiele. »Euren Hund müsst ihr hier übrigens nicht an die Leine nehmen.«

»Danke.« Gaby öffnete die Leine. Schwanzwedelnd wuselte Oskar los.

Plötzlich schallte ein lauter Schrei über den Hof, gefolgt von einem dumpfen Knall.

Fall auf Knall

Erschrocken sahen TKKG einander an.

»Woher kam das?« Gaby reckte den Hals.

»Vom Nachbargrundstück«, vermutete Tim und lief zur Mauer.

Frau Thiele setzte sich ebenfalls in Bewegung. »Das war die Stimme von Bauer Krone, unserem Nachbarn.«

An der Mauer angekommen, konnten sie sehen, wie ein Mann in Latzhose mit seinen schweren Stiefeln wütend gegen die riesigen Reifen seines Traktors trat. »So ein Mist! Verdammt!«, brüllte er.

Karl zog die Stirn kraus. »Warum ist er denn so aufgebracht?«

»Ich seh mal nach.« Mit einem Sprung war Tim auf der anderen Seite der Mauer.

»Hey, was willst du denn hier?«, wütete ihm Bauer Krone entgegen.

»Ich bin Tim. Ist etwas passiert?«

»Ja, jemand hat meine Anhängerspritze kaputt gemacht! Da ist ein Loch drin!«, schimpfte der Mann. »Ich wollte damit heute auf dem Feld Pflanzenschutzmittel verteilen. Das kann ich mir jetzt abschminken!«

Frau Thiele, die noch mit Karl, Gaby, Klößchen und Herrn Keismar hinter der Mauer stand, schüttelte den Kopf. »Durch Pestizide gibt es immer weniger Bienen und Insekten, und manchmal verschwinden ganze Bienenvölker plötzlich«, berichtete sie.

»Was genau sind Pestizide eigentlich?«, schaltete Klößchen sich ein.

»Das sind chemisch hergestellte Pflanzenschutzmittel«, erklärte Herr Keismar, »die Schädlinge davon abhalten, Nutzpflanzen zu fressen. Zum Beispiel Käfer, die den Raps fressen, ehe er geerntet werden kann.«

Frau Thiele seufzte. »Sie nützen der Landwirtschaft, weil sie Ernteausfälle verhindern. Aber sie enthalten sogenannte Nervengifte, die den Orientierungssinn von Insekten stören und sie schwächen.«

»Wenn Bienen den Weg nicht mehr finden, kann sich das auf ein ganzes Bienenvolk auswirken, sodass die Bienen verhungern«, wusste Karl.

»Das ist ja furchtbar«, sagte Klößchen.

»Ja, das ist es.« Frau Thiele warf dem wütenden Bauern einen Blick zu. »Ich kann mir das hier nicht ansehen.« Mit Herrn Keismar lief die Imkerin in Richtung der Bienenbeuten.

Tim kam zur Mauer. »Der Behälter für das Pflanzenschutzmittel hat ein riesiges Loch!«, berichtete er. »So kann Herr Krone das Mittel nicht spritzen, weil es vorher einfach ausläuft. Sieht nach Sabotage aus.«

Karl strich nachdenklich über den Rand seiner Brille. »Hier liegt vielleicht eine Straftat vor.«

Tim nickte. »Karl hat recht.«

»Ein Fall für TKKG«, raunte Klößchen.

Tim nahm Oskar entgegen, die anderen kletterten hinterher.

Bauer Krone beendete gerade ein Telefongespräch und sah die Detektive überrascht an.

»Das sind meine Freunde Karl, Klößchen und Gaby«, stellte Tim sie vor.

»Wir würden Ihnen gern helfen herauszufinden, wer das Loch in den Tank gemacht hat«, erklärte Gaby.

»Wir sind nämlich Detektive«, setzte Klößchen nach.

»Aha, steckt ihr eure Nasen überall rein?«, fragte der Bauer.

»Ja, genau.« Karl holte ein Federmäppchen aus dem Rucksack, in welchem er sein Fingerabdruckset aufbewahrte. Während er nun den Tank vorsichtig mit Grafitpulver einpinselte, holte Tim sein Notizbuch heraus. Die Fingerabdrücke, die auf dem Tank zum Vorschein kamen, zog Gaby mit Klebeband ab und klebte sie ein. Die vier Detektive warfen einen Blick darauf.

Der Bauer sah ihnen über die Schulter. »Und was seht ihr da jetzt?«

»Es sind auf jeden Fall unterschiedliche Abdrücke«, erkannte Karl. »Zum Abgleich brauchen wir noch Ihre.« Gaby hielt Bauer Krone ein Stempelkissen hin.

»Na gut, dann mach ich mal mit«, sagte dieser zögerlich. Herr Krone drückte seinen Daumen und Zeigefinger auf das Kissen und anschließend in Tims Notizbuch.

»Haben Sie denn irgendwelche Feinde?«, wollte Karl wissen.

Oskar wuffte und lief schnüffelnd um den Traktor herum.

Der Bauer überlegte kurz. »Frau Thiele ist nicht so begeistert von meiner Art zu arbeiten«, sagte er schließlich. »Aber ich glaube nicht, dass sie so etwas machen würde. Ansonsten fällt mir niemand ein.« Er holte sein Handy aus der Tasche. »Und jetzt muss ich mich um das Ersatzteil kümmern. Wenn ich das nicht schnell genug bekomme, ist meine Ernte für dieses Jahr verloren.«

»Wie?« Klößchen runzelte die Stirn. »Gibt es so viele Schädlinge?«

»Ja«, seufzte der Bauer. »Die fressen mir die Pflanzen weg, ehe sie erntereif sind. Und ich verdiene nichts.«

Im selben Moment schallte die Stimme von Herrn Keismar über den Hof. »*Wilder Löwenzahn*, bitte herkommen!«

»Wir kommen später noch mal wieder«, erklärte Tim.

TKKG verabschiedeten sich und kletterten zurück über die Mauer.

Herr Keismar stand mit Frau Thiele auf der Wiese. »Kommt, ich zeige euch mal unsere Bienenstöcke.«

»Kann man da eigentlich gestochen werden?«, wollte Klößchen wissen.

Die Imkerin schüttelte den Kopf. »Bienen sind sehr friedliche Wesen. Sie stechen nur, wenn sie sich bedroht fühlen.«

»Wie wir«, nickte Klößchen.

»Ich sehe schon Unterschiede zu uns«, lachte Karl. »Bienen sterben nach dem Stich, weil ihr Stachel und ein bisschen vom Hinterteil hängen bleibt.«

Klößchen machte große Augen. »Dann sollten wir sie keinesfalls ärgern, damit sie sich nicht bedroht fühlen.«

»Es ist wirklich schön hier«, schwärmte Gaby, nachdem sie über die Wiese gegangen waren und die Beuten aus der Nähe betrachtet hatten.

»Die Imkerei ist ein Familienbetrieb«, erzählte Frau Thiele. »Mein Vater Klaus hat sie von seinen Eltern übernommen. Er stellt Süßigkeiten aus Honig her. Wollt ihr mal probieren?«

»Au ja!«, riefen TKKG wie aus einem Mund.

Frau Thiele lächelte. »Dann wollen wir mal in unseren kleinen Hofladen gehen.« Sie marschierte voraus. »Er ist gerade geschlossen. Meine Tochter Anna kümmert sich darum. Aber sie hat heute Vorlesungen an der Uni.«

»Hier duftet es so schön nach Blumenwiese«, sagte Klößchen schnuppernd, als sie den Laden betraten.

»Das ist der Duft von Bienenwachs«, wusste Gaby.

Die Wände waren hellgrün gestrichen und in den Holzregalen standen Bienenwachskerzen und einige Honiggläser.

Auf dem Tresen stand ein großes Glas Bonbons.

Frau Thiele hielt sie TKKG hin. »Bedient euch.«

Alle griffen zu.

Klößchen wickelte das rot-weiß gestreifte Papier als Erster aus und steckte sich das goldgelbe Bonbon in den Mund. »Mmmmhhh«, schwärmte er. »Mild und süß.«

»Und bestimmt sehr gut bei kratzigem Hals«, fügte Karl hinzu.

Auch Tim und Gaby lutschten genüsslich.

»Können Sie sich erklären, woher das Loch in Bauer Krones Anhängerspritze kommt?«, fragte Tim frei heraus.

»Nein, keine Ahnung. Vielleicht ist der Tank auch defekt?« Frau Thiele seufzte. »Ich hab schon oft mit Herrn Krone diskutiert, ob er nicht mal nach anderen Lösungen suchen kann. Aber wir kommen einfach nicht auf einen Nenner.«

»In der Stadt gibt es ja weniger Nutzpflanzen – wofür sind die Bienen dort eigentlich da?«, fragte Klößchen.

»Sie befruchten ja auch andere Pflanzen, die es ohne sie sonst nicht gäbe«, erklärte Frau Thiele.

»Wäre es denn möglich, dass wir von Ihnen Bienenstöcke für den Internatsgarten erhalten?«, erkundigte sich Gaby. »Wir haben Spenden für unsere AG gesammelt, davon könnten wir alles bezahlen.«

»Ja, auf jeden Fall«, sagte Frau Thiele, während sie Honiggläser aus einer Schublade in dem Regal aufstellte und arrangierte. »Es ist aber eine sehr große Herausforderung und darf nicht auf die leichte Schulter genommen werden.«

TKKG nickten einhellig.

»Das wissen wir«, begann Karl. »Ich werde nachher in der Bibliothek gleich Bücher zur Imkerei ausleihen.«

»Ich kenne mich aus«, berichtete Herr Keismar. »Meine Nachbarin hat Bienenkästen, und wenn sie in Urlaub ist, kümmere ich mich in der Zwischenzeit um die Bienen.«

»Das klingt alles sehr gut«, sagte Frau Thiele. »Mein Mitarbeiter Markus betreut diese Projekte und kommt regelmäßig vorbei. Es wird an den kommenden Wochenenden auch noch mal ein Seminar geben, das ihr besuchen solltet. Habt ihr denn schon Schutzkleidung?«

»Ich habe einen Imkeranzug«, berichtete Herr Keismar.

»Und ich werde meinen Vater anhauen«, entschied Klößchen, der den Rest seines Bonbons nun zerkaute. »Er gibt uns sicher Geld für Schutzkleidung.«

»Das ist gut. Allgemein gilt: Weiße Kleidung ist am besten. Bunte Kleidung lockt die Bienen eher an«, erklärte Frau Thiele. »Ich denke, es ist auch machbar, dass Sie schon morgen die Bienenkästen bekommen«, erklärte Frau Thiele. »Zum Start empfehlen wir zwei Bienenvölker.«

»Hunderttausend Bienen im Internatsgarten«, staunte Karl.

»Hunderttausend Haustiere«, hauchte Klößchen.

»Hunderttausend Lebewesen, für die wir Verantwortung tragen«, sagte Gaby.

»Cool!«, freute sich Tim.

Bienenfreunde und Bienenfeinde

»Das ist Markus Krone.« Frau Thiele zeigte auf einen Mann, der im Imkeranzug zu ihnen kam. »Er wird euch morgen die beiden Bienenstöcke liefern.«

»Krone?« Karl zog die Stirn kraus. »Sind Sie mit Bauer Krone verwandt?«

»Genau.« Der Mann nahm den Imkerhut ab und lächelte. »Ich bin sein Sohn.«

»Oh, arbeiten Sie also nicht bei Ihrem Vater?«, fragte Klößchen.

Markus schüttelte den Kopf. »Bei den Bienen fühle ich mich besser aufgehoben.«

»Wir müssen zurück ins Internat«, verkündete Herr Keismar. »Junge Imker und Imkerinnen müssen gut ausgeschlafen sein.«

»Und guten Honig auf ihr Frühstückscroissant streichen«, ergänzte Frau Thiele und reichte Gaby eine Papiertüte. »Das ist unser Lindenblütenhonig.«

»Fantastisch«, strahlte Klößchen. »Ich freu mich jetzt schon aufs Frühstück.«

»Ich hab mein Sparschwein geschlachtet«, rief Klößchen seinen Freunden am nächsten Tag auf dem Schulhof entgegen. Es war Samstag. Und weil Tim und Klößchen meistens nur unter der Woche im Internat schliefen und am Wochenende zu Hause, hatten sie sich erst nach dem Frühstück hier verabredet.

»Du strahlst ja wie ein Honigkuchenpferd«, kommentierte Karl.

»Und du hast da was am Mund«, sagte Tim. »Sieht aus wie eine Mischung aus Honig und Schokolade.«

Klößchen wischte sich mit dem Ärmel über sein Gesicht. »Könnte hinkommen. Mit dem Geld aus dem Sparschwein war ich beim Bäcker. Dann hab ich den Frühstückstisch gedeckt. Es gab Schokocroissants mit Lindenblütenhonig zum Frühstück«, berichtete er. »Und das hat meinen Vater anscheinend so glücklich gemacht, dass es gar nicht schwer war, ihm das

Geld für Imkeranzüge aus den Rippen zu leiern. Wir haben sogar schon drei gekauft.«

»Sehr clever, Klößchen«, lachte Gaby anerkennend. »Mit der Croissant-Bestechung deines Vaters hast du uns vor schmerzhaften Bienenstichen bewahrt.«

»Genau.« Stolz fischte Klößchen die Anzüge aus seinem Rucksack. »Mein Vater findet es ganz toll, dass wir imkern, und hat schon drei Gläser Honig vorbestellt. Außerdem hab ich ihm versprochen, dass sein investiertes Geld doppelt und dreifach wieder reinkommt, wenn wir ›Scharfer Geist‹-Schokolade mit Chili aus unserem Schulgarten herstellen. Dazu müssten wir aber wirklich viel ernten.«

»Bestechend guter Name für Schokolade«, freute sich Tim.

Zusammen liefen sie in den Schulgarten, wo die anderen Mitglieder der Garten-AG sich bereits mit Herrn Keismar versammelt hatten.

Und schon bog der Lieferwagen der *Imkerei Goldblüte* auf den Hof ein. Markus Krone stieg aus und begutachtete den Garten.

Klößchen reckte den Hals. »Wo sind denn die Bienen? Ich hab mir schon Namen ausgedacht«, sprudelte er drauflos.

Markus ging zum Lieferwagen und öffnete die hintere Klappe. Im Inneren standen zwei bunt gestrichene Bienenkästen, die mit Seilen gesichert waren. Der Mann zog sich Schutzhandschuhe an und setzte einen Imkerhut auf.

Er hob die Kästen aus dem Wagen und stellte sie neben den kleinen Apfelbaum. »Die Bienen werden nicht alle auf einmal rauskommen. Sie schicken erst einige vor, um sich neu zu orientieren, ehe sie ausschwärmen.«

»Hier werden keine Bienen ausschwärmen!«, rief eine Frauenstimme.

TKKG sahen sich um.

Internatsdirektor Freund kam mit einer Frau und einem Mann dazu.

»Herr und Frau Neumann«, sagte er hastig. »Sie müssen sich keine Sorgen machen, das habe ich Ihnen bereits gesagt.«

»Pfff«, machte die Frau. »Sie verstehen ja gar nicht das Problem.«

Herr Freund wendete sich an Markus. »Frau Neumann hat Sorge, dass ihr Sohn gestochen werden könnte.«

»Er ist allergisch gegen Bienengift!«, klagte die Mutter aufgebracht. »Und deshalb dulden wir keine Bienen auf dem Schulgelände.«

»Das sind die Eltern von Bela Neumann aus der 9c«, flüsterte Karl.

»Das können die doch gar nicht verhindern«, raunte Tim. »Bienen gibt's ja überall.«

»Bienen sind sehr friedliche Tiere«, erklärte Markus mit ruhiger Stimme. »Sie müssen sich wirklich keine Sorgen machen.«

»Sie haben gut reden«, fauchte Frau Neumann, drehte sich um und stapfte davon.

»Wir lassen prüfen, ob eine Haltung von Bienen auf dem Schulgelände zulässig ist!«, verkündete Herr Neumann und marschierte seiner Frau hinterher.

»Mist«, sagte Gaby. »Hoffentlich verhageln die uns das jetzt nicht.«

Oskar wuselte einmal um die aufgestellten Bienenkästen und wuffte, dann entdeckte er einen schönen Schmetterling und jagte hinterher.

Klößchen näherte sich dem Bienenkasten. »Seht ihr, Wilde Hummel, Lakritzschnecke und Brummi, Oskar hat euch auch schon akzeptiert.« Er ging in die Knie und versuchte, einen Blick in den Luftschlitz zu erhaschen. »Huhu, ihr könnt rauskommen. Wir beißen auch nicht.«

Ermittlungen

»Die Bienen können sich auch orientieren, wenn wir nicht die ganze Zeit neben ihnen sitzen«, beschwichtigte Karl Klößchen, auf dem Weg Richtung *Imkerei Goldblüte* und *Bauernhof Krone*.

»Vielleicht kommen sie auch nur heraus, wenn wir Riesen nicht davorhocken", witzelte Tim.

Gaby legte den Finger an die Lippen. »Psst. Da streitet jemand.«

»Warum machst du dich mitschuldig daran, dass Bienen sterben?«, rief Markus wütend.

»Es gibt auch andere Lösungen, Herr Krone«, war eine Frau zu hören.

Gaby spitzte die Ohren. »Die Stimme kenne ich.«

Die Detektive liefen zur Hofeinfahrt des Bauernhofs und lugten um die Ecke. Dort stand Anna, die Umweltaktivistin, die sie gestern auf der Demo kennengelernt hatten. Sie diskutierte hitzig mit Markus und seinem Vater, Bauer Krone.

»Könnte Markus die Spritze seines Vaters manipuliert haben?«, flüsterte Tim. »Weil er die Bienen vor den Pestiziden schützen wollte?«

»Oder Anna?«, überlegte Gaby.

Sie huschten zu einem Heuhaufen und gingen dahinter in Deckung. Nach einer Weile lief Anna kopfschüttelnd an ihnen vorbei in Richtung Imkerei. TKKG schlichen hinterher.

Anna verschwand im Hofladen. Durch das Schaufenster konnten die Freunde zwei Männer sehen.

»Der ältere Herr muss Klaus Thiele sein, Felicitas Thieles Vater«, flüsterte Gaby. »Er hat gestern die Bienenkästen auf dem Rathausdach aufgestellt.«

»Ja, dann ist Anna vermutlich seine Enkelin. Und sie hat den Sitzstreik veranstaltet, weshalb er nicht wegfahren konnte«, überlegte Tim weiter. »Es hat ihm ja auch gar nichts ausgemacht.«

In diesem Moment drehte sich der Mann um, mit dem Klaus Thiele sprach.

»Ach ne«, kommentierte Gaby. »Da ist ja der andere Sitzblockierer. Der mit der Biene auf dem Pulli.«

»Paul«, erinnerte sich Klößchen.

»Also hat Herr Krone nicht nur seinen Sohn Markus, der gegen die Pestizide ist, sondern auch noch eine Nachbarin und deren Freund, die sich für den Umweltschutz engagieren«, folgerte Tim. »Vielleicht haben sie das Loch in den Tank gemacht?«

»Wir sollten sicherheitshalber Fingerabdrücke von ihnen nehmen«, raunte Klößchen. Er deutete mit dem Kopf zum Laden, dessen Tür sich gerade öffnete. Paul hatte einen großen Rucksack dabei.

Gaby deutete darauf. »Habt ihr die leckeren Bonbons in so großen Mengen gekauft?«, fragte sie unschuldig.

»Nein, ich möchte Bienenkästen auf meinen Balkon stellen und habe mir Ausrüstung besorgt«, er-

klärte Paul. »Wart ihr nicht gestern auch bei der Demo vor dem Rathaus?«

»Genau«, bestätigte Karl.

Anna holte ihr Rad aus dem Ständer. »Los, Paul, wir müssen los.« Sie schwang sich auf ihr Rad und trat in die Pedale. Paul setzte sich seinen Rucksack auf und fuhr hinterher.

Sie beobachteten, wie Klaus Thiele eine Teetasse in die Spüle stellte und seine Jacke anzog. Er verließ den Laden und kam TKKG entgegen. »Hallo, kann ich euch helfen?« Er stockte. »Ihr wart gestern auch bei der Demo.«

»Genau, und heute haben wir zwei Bienenstöcke in den Internatsgarten bekommen«, berichtete Tim.

»Ach, das seid auch ihr.« Der ältere Herr lächelte. »Toll, dass ihr euch so für die Umwelt einsetzt.«

»Wir wollten Ihre leckeren Bonbons kaufen«, gab Gaby vor.

»Meine Tochter ist gleich wieder da«, sagte Klaus Thiele. »Ich habe einen Termin und muss dringend los. Macht's gut!«

Der Imker stieg in seinen Lieferwagen und fuhr vom Hof.

»Los, wir nehmen die Abdrücke, ehe Frau Thiele kommt.« Tim öffnete die Tür und die Detektive schlüpften in den Laden. Karl hatte bereits das Fingerabdruckset parat und begann, den Teebecher einzupinseln, der hinter dem Verkaufstresen an der Spüle stand. Die Fingerabdrücke, die sichtbar wurden, zog Gaby mit Klebeband sorgfältig ab und haftete sie in Tims Notizbuch. »Das müssten die von Herrn Thiele sein.«

Frau Thiele kam hereingerauscht und knallte die Tür. »Verdammt!« Erst jetzt bemerkte sie die Detektive.

»Alles klar?«, fragte Gaby.

»Ich habe gerade einen Anruf aus dem Rathaus erhalten. Heute Nacht wurden die Bienen vom Rathausdach gestohlen!«

TKKG tauschten einen Blick.

»Noch ein Fall für uns«, raunte Klößchen.

Tausendfach verschwunden

TKKG machten sich sofort auf den Weg.

»Meint ihr, die Bienen wurden wirklich gestohlen?«, fragte Klößchen, als sie beim Rathaus ankamen.

»Könnten sie auch allein ausgeschwärmt sein?«, überlegte Tim. »Bienenvölker werden manchmal zu groß, dann teilen sie sich«, berichtete Karl. »Ein Teil fliegt mit einer Königin aus, um eine neue Behausung zu suchen.« Er rieb seine Schläfe. »Es gibt auch Milben, die die Bienen krank machen und zum Sterben ganzer Völker führen.«

»Wenn sie gestorben wären, müssten sie ja irgendwo liegen«, meinte

Gaby. »Und laut Frau Thiele sind auch die Rahmen verschwunden. Die können die Bienen ja nicht einfach abtransportiert haben.«

»Was genau sind die Rahmen?«, fragte Tim.

»In den Rahmen bauen die Bienen ihre Waben, und die hängen in der Beute«, erklärte Karl.

Als sie die Räder abgestellt hatten, fielen ihnen Plakate auf, die mit Klebeband an einigen Laternenmasten angebracht waren.

»Blütenstaub statt Feinstaub!«, las Klößchen vor.

Tim zeigte zum Rathausdach. Dort flatterte ein Laken, auf das mit leuchtend roter Farbe ›Heuchler‹ geschrieben stand. Sie beobachteten, wie es von einem Mitarbeiter des Bürgermeisters eingerollt wurde.

Gaby entdeckte den Dienstwagen ihres Vaters. »Papi ist auch schon da. Er spricht mit Herrn Wichtigmann.«

TKKG näherten sich den beiden Männern.

»... lasse mich nicht erpressen«, hörten sie den Bürgermeister sagen. »Ich kann mir das Verschwinden der fünf Bienenvölker nicht erklären. Ins Rathaus und auf das Dach haben nur unsere Mitarbeitenden Zugang«, erklärte er dann.

»Sie wurden gestohlen«, war Gaby sicher.

»Eine Vermisstenanzeige für fast eine halbe Millionen Bienen«, staunte Klößchen.

»Einbruchsspuren wurden keine gefunden, das prüft meine Kollegin später noch mal. Ich werde jetzt mal Ihre Angestellten befragen.«

»Das darf keinesfalls an die große Glocke gehängt werden«, stöhnte der Bürgermeister. »Ich sehe schon wieder die Schlagzeilen vor mir: ›Er kann nicht mal auf ein Bienenvolk aufpassen, wie soll er dann die Millionenstadt regieren?‹«

»Dürfen wir im Rathaus mal auf die Toilette?«, fragte Tim.

Der Bürgermeister nickte und gab Tim eine Magnetkarte.

»Weil ihr zu Herrn Glockner gehört«, sagte er. »Damit kommt ihr rein. Aber bringt sie mir gleich wieder, hört ihr?«

»Klaro«, beteuerte Gaby. Dem mahnenden Blick ihres Vaters hielt sie stand. »Wir haben beim Gärtnern einfach sehr viel Tee mit Lindenblütenhonig getrunken, Papi.«

»Wo geht es denn auf die Dachterrasse?«, rätselte Klößchen, als sie im Rathaus die Treppen nach oben liefen.

»Hier!« Tim zeigte auf ein Schild. Sie nahmen eine weitere Treppe. Die Tür war nur mit der Magnetkarte zu öffnen. Gaby zog sie durch einen Schlitz und im nächsten Moment standen die Freunde auf der Dachterrasse.

»Hier wachsen ja Bäume«, staunte Klößchen.

Als Oskar loswuselte, um sein Bein an einer jungen Linde zu heben, wurde er von den vier Detektiven einstimmig ermahnt: »Pfui! Aus!« Oskar rollte sich enttäuscht unter einer Sitzbank zusammen.

»Dahinten sind die Bienenbeuten.« Karl lief schnurstracks auf die Kästen mit den Bienen zu. Klößchen zog einen der Imkeranzüge aus seinem Rucksack. Er gab ihn Gaby und setzte sich selbst einen Imkerhut auf. Gaby streifte den Anzug über und zog Handschuhe an. Sie trat nah an einen der Kästen und öffnete die Klappe. »Hier ist nur noch ein Rahmen mit Waben.« Vorsichtig zog sie ihn heraus. Mit offenen Mündern starrten die Detektive auf die Waben, auf denen nun noch wenige Bienen herumkrabbelten. Gaby sah genauer nach. »Tatsächlich. Alle Kästen sind leer. Die Diebe haben die Rahmen mit den Waben mitgenommen.«

»Das muss dann aber jemand gewesen sein, der sich auskennt«, überlegte Tim.

»Die haben sicher Handschuhe getragen«, mutmaßte Karl. »An den Kästen will ich nicht nach Abdrücken suchen.«

Gaby setzte den Rahmen wieder ein. »Ja. Wer weiß, vielleicht sind noch Bienen drin und die könnten aggressiv sein.«

»Mensch, hier müssen doch irgendwo Hinweise zu finden sein«, rief Tim. Er lief um die Kästen herum und hockte sich auf den Boden. Sein Blick fiel auf etwas Glänzendes, das unter dem Bienenkasten hervorschien. Vorsichtig zog er es hervor und hob es auf. »Was ist das denn?«

Karl hatte bereits sein Buch aus dem Rucksack gezogen und blätterte darin. »Ein Stockmeißel«, hatte er schnell herausgefunden. »Damit wird der Honig aus den Waben geholt.«

Tim zupfte eine Tüte aus der Seitentasche seines Rucksacks und Gaby ließ das Werkzeug hineingleiten.

Klößchen tippte auf sein Handgelenk. »Wir sollten auch noch mal nach unseren Bienen sehen.«

»Stimmt«, sagte Tim, während er die Tüte mit dem Meißel in seinen Rucksack steckte. »Wir haben hier alles erledigt.«

Karl nickte und verstaute das Buch wieder in seinem Rucksack.

»Wir sollten schnellstmöglich Fingerabdrücke von diesem Meißel nehmen. Das könnte einen Hinweis liefern, wer die Bienen geklaut haben könnte«, sagte Klößchen, als sie zurück im Schulgarten waren. Er hob einen Blumentopf hoch und hielt ihn vor die Bienenkästen. »Los, kommt doch mal raus.«

»Es sind echt immer noch wenige Bienen an der Ausflugschneise zu sehen«, stellte Tim fest.

»Wenn ich eure Fressen sehen würde, würd' ich auch drinbleiben«, scherzte Nick Frenzel, der unbemerkt dazugekommen war. »Ich habe übrigens gegossen«, sagte er stolz.

Gaby sah sich um. »Und warum hängen die Hyazinthen so?«

Karl trat näher an das Beet. »Jedenfalls nicht, weil sie trocken sind«, stellte er alarmiert fest.

»Das gibt's doch nicht!«, rief Gaby entsetzt. »Da ist jemand auf den Hyazinthen rumgetrampelt!«

Tim ging in die Knie. »Nick, warst du das?«

Nick tippte sich mit dem Zeigefinger an die Stirn. »Warum sollte ich die platt treten? Ich hab sie selbst gepflanzt.«

Klößchen deutete auf die Erde. »Da ist ein Schuhabdruck!«

Tim holte sein Handy aus der Hosentasche und machte ein Foto davon.

»Und hier hat jemand einfach Erde auf den Weg gewühlt.« Karl deutete auf den Weg, den die AG aus Steinen zwischen den Beeten angelegt hatte.

»Oh nein!«, rief Gaby, als sie sich das Nachbarbeet genauer anguckte. »Mein Ficus ist weg! Er ist ausgegraben worden.«

»Und schaut euch das an!«, rief Klößchen, der vor dem Beet mit den Walderdbeeren hockte. »Jemand hat die Erdbeeren geklaut!« Er schniefte. »Daraus wollte ich Törtchen für alle backen.«

»Wir sollten das Chaos aufräumen«, meinte Karl. »Die abgeknickten Hyazinthen kann man nicht mehr retten. Die machen wir noch weg.«

»Ich geh dann mal«, sagte Nick. »Bin noch verabredet.« Er drehte sich um und wollte verschwinden.

»Hey!« Gaby baute sich vor Nick auf. »Du kannst auch gern helfen.«

»Mist, jetzt muss ich nicht nur mein Zimmer aufräumen«, fluchte Nick, »sondern auch noch den Garten.«

Bennet von Lotzow kam dazu. »Nick, los, komm, wir wollten noch skaten gehen.«

Tim hatte Gartenschere und Besen aus dem kleinen Gartenhäuschen geholt und drückte Bennet den Besen in die Hand. »Erst mal könnt ihr uns helfen, das Chaos zu beseitigen.«

»Wenn's sein muss«, murrte Nick und schob mit dem Fuß die Erde wieder ins Beet.

»Habt ihr heute Nachmittag irgendetwas Seltsames beobachtet?«, fragte Tim, während er mit der Gartenschere vorsichtig die abgeknickten Blumen beschnitt. Bennet, der gerade zu fegen begonnen hatte, hielt inne und grübelte. »Nur die Leute aus der Imkerei waren heute Nachmittag da.«

»Ach, echt?« Tim sah überrascht auf. »Wussten wir, dass da wer kommt?«

Gaby schüttelte den Kopf. »Wie sahen die beiden aus?«

»Die Frau hatte braune Haare und der Mann war blond«, sprudelte es aus Nick heraus.

Ben klatschte sich mit der Hand an die Stirn. »Nick, dein Gehirn ist kleiner als das eines Eichhörnchens. Die Frau war blond und der Mann braunhaarig.«

Klößchen schüttelte den Kopf. »In meinem Kopf ist ein Durcheinander, als brummten darin tausend Hummeln.«

»Ihr seid echt nicht sehr hilfreich«, fand auch Gaby.

Ben und Nick grinsten nur.

Tim stand auf und brachte die Gartenschere weg. »Klößchen, wir müssen jetzt zum Abendessen.«

Gaby sah auf ihre Uhr. »Ich muss auch längst zu Hause sein.«

Oskar kläffte.

»Dann fahren wir morgen zur Imkerei, um herauszufinden, wer von denen hier war«, entschied Tim.

Am nächsten Tag radelten die Freunde zur *Imkerei Goldblüte*. Außer dem Summen der Bienen und ein paar gackernden Hühnern war nichts zu hören, doch dann jaulte ein Motor auf dem Nachbargrundstück auf.

TKKG reckten die Hälse und spähten über die Mauer zum Bauernhof.

»Da ist ja Herr Wichtigmann«, staunte Tim. »Und er sitzt auf dem Traktor von Bauer Krone. Das Ersatzteil scheint angekommen zu sein.«

»Bringt unser Bürgermeister jetzt schon selbst die bienenschädlichen Pestizide aufs Feld?«, wunderte sich Gaby. »Das macht ihn aber nicht sehr glaubwürdig.«

Ihre Freunde nickten und Gaby tauschte einen Blick mit Klaus Thiele. Der stand auf der Wiese und sah reglos dabei zu, wie der Traktor sich tuckernd in Bewegung setzte.

»Ach, hallo!« Markus kam an den Freunden vorbei.

»Hast du schon von den verschwundenen Bienen gehört?«, erkundigte sich Tim.

Markus nickte. »Ja, unglaublich. Der Bürgermeister war auch schon da und möchte neue ordern.«

»Pff, und dann geht er rüber zu deinem Vater und verteilt Pestizide!«, ärgerte sich Gaby. »Darf man das an einem Sonntag?«

Markus nickte. »Ich finde es auch nicht gut. Er und mein Vater sind Freunde. Ich habe mir schon den Mund fusselig geredet, dass sie mehr für den Umweltschutz tun müssen.« Er seufzte. »Ist im Internatsgarten alles okay?«

»Warst du nicht gestern da?«, erkundigte sich Tim.

»Nein.«

»Aber wer war es dann?«, überlegte Klößchen.

Markus hörte schon gar nicht mehr richtig zu. »Ich muss noch was erledigen«, murmelte er und verschwand im Geräteschuppen hinter dem Hofladen. Die Detektive tauschten einen Blick.

»Was ist denn mit dem los?«, fragte Gaby.

Markus hatte die Tür hinter sich zugezogen. Tim pirschte hinterher. Er entdeckte einen kleinen Schlitz zwischen zwei Brettern und spähte hindurch. »Er legt einen Bienenbesen und einen Stockmeißel aus seinem Rucksack ins Regal.«

Schon kam Markus wieder aus dem Schuppen heraus. »Verfolgt ihr mich?«

»Nicht wirklich«, druckste Klößchen herum. »Aber weshalb füllst du denn das Zubehör auf?«

»Oh Mann. Könnt ihr das für euch behalten?«, bat Markus. Die Detektive nickten.

»Mir ist aufgefallen, dass hier Dinge entwendet wurden«, berichtete Markus. »Weil ich zuständig für das Lager bin und anscheinend nicht gut aufgepasst habe, wollte ich die Sachen lieber ersetzen, um mir Ärger mit Frau Thiele zu ersparen.«

»Dürfen wir Fingerabdrücke von dir haben?«, erkundigte sich Gaby.

»Klar.« Er sah auf die Uhr. »Aber schnell, ich muss Bienenvölker startklar machen, die sollen heute noch aufs Rathausdach. Habt ihr Lust, mir zu helfen?«

»Ja!«, rief Klößchen laut und wisperte Karl zu: »Dann können wir uns noch mal am Tatort umsehen.«

Der nickte. »Sehr guter Plan.«

Zwei Stunden später standen sie mit Markus und Bürgermeister Wichtigmann auf dem Dach des Rathauses.

»Wie kann ich sichergehen, dass die Bienen dieses Mal nicht gestohlen werden?«, fragte Herr Wichtigmann. »Die Schlösser habe ich bereits alle austauschen lassen. Man braucht jetzt neue Magnetkarten. Eine der alten Karten war weg. Ich gehe davon aus, dass die Diebe diese benutzt haben.«

»Wir könnten die Beuten besser befestigen. Dazu bräuchte ich meinen Werkzeugkasten.« Markus zog seinen Autoschlüssel aus der Tasche seines Imkeranzugs und reichte ihn Karl. »Kannst du mal die Kiste holen, die im Lieferraum meines Wagens steht?«

»Na klar!«, sagte Klößchen übermütig und schnappte ihm den Schlüssel aus der Hand.

Markus lachte. »Einer reicht, so schwer ist sie nicht.«

»Wir helfen Karl trotzdem«, sagte Tim schnell.

Der Bürgermeister gab den Detektiven eine Magnetkarte. »Passt aber gut darauf auf.«

Gaby nahm sie entgegen. »Na klar.« Sie drehte sich zu Oskar. »Du bleibst hier oben und passt auf die Bienen auf.«

Oskar wuffte.

Die Detektive verließen die Dachterrasse und rasten durchs Treppenhaus.

»Wir teilen uns auf«, flüsterte Tim. »Gaby und Klößchen, ihr guckt euch das Büro von Wichtigmann an, und Karl und ich holen das Werkzeug.«

»Irgendwie fühlt es sich falsch an«, flüsterte Klößchen, als sie in das Büro schlüpften.

»Wir wollen ja nichts stehlen, nur mal sehen, ob es hier Hinweise gibt«, wiegelte Gaby ab.

»Stimmt, und das würde Herrn Wichtigmann ja sogar helfen«, beruhigte sich Klößchen wieder. Er holte einen Schokoriegel aus der Tasche, wickelte ihn aus und teilte ihn in zwei Hälften. »Mein letzter. Wir teilen. Die Kraft der Schokolade wird uns helfen«, verkündete er und steckte seine Hälfte in den Mund. Die Verpackung warf er in den Papierkorb unter dem massiven Holzschreibtisch.

»Chtopp!«, nuschelte Gaby mit der Schokolade im Mund. »Keiner foll wiffen, gaff wir hier grin waren.«

Klößchen sah Gaby mit großen Augen an. »Stimmt. Das soll keiner wissen.« Schnell kroch er unter den Schreibtisch und begann, einhändig im Müll zu wühlen.

»Ach, Gaby, guck mal hier!«, rief er plötzlich. Er

hatte einen zerknüllten Zettel entdeckt und auseinandergefaltet.

Gaby beugte sich runter und betrachtete den Fund genauer.

»Ein Erpresserbrief«, flüsterte Klößchen. »Ich sag doch, Schokolade hilft immer.« Er fischte ein leeres Blatt Papier aus dem Drucker, knüllte es zusammen und tauschte es gegen den Droh-

brief im Papierkorb aus. »Den Brief nehmen wir mit. Darauf finden sich bestimmt Fingerabdrücke.«

Plötzlich waren Schritte zu hören. Gaby und Klößchen gingen blitzschnell unter dem Schreibtisch auf Tauchstation und hielten den Atem an. Die Tür wurde geöffnet.

Fleißige Detektivbienchen

»Herr Wichtigmann?«, fragte eine Frauenstimme.

Aus ihrem Versteck erkannten TKKG elegante Schnürschuhe. »Was soll ich der Zeitungsreporterin denn nun zum Bienenverschwinden sagen?« Die Schuhe kamen näher. »Hallo?« Klößchen und Gaby kauerten reglos unter dem Tisch. »Täusche ich mich, oder riecht es hier nach Schokolade?«, sagte die Frau. Eine Hand tauchte auf. Sie zog den Mülleimer hervor. »Kein Schokoladenpapier. Wenigstens hält er sich an seine Diät.« Der Papierkorb kam wieder unter den Tisch und die Schritte entfernten sich. Nach einigen Sekunden wurde die Tür geschlossen.

Gaby und Klößchen atmeten auf.

»Schnell zum Schuppen«, flüsterte Gaby.

Das kleine Holzhäuschen befand sich im Garten der Familie Glockner. Die Detektive hatten es zu ihrem

Hauptquartier umfunktioniert. Hier lagerten sie Beweisstücke und alles, was sie für ihre Detektivarbeit brauchten. Außerdem konnten sie ungestört geheime Besprechungen abhalten.

Tim zog ein eingerolltes Plakat aus seinem Rucksack.

»Gute Idee, so eines vom Rathausplatz mitzunehmen«, meinte Klößchen.

»Ja, vielleicht finden wir darauf auch Spuren.« Gaby nickte.

Oskar ließ die Zunge raushängen und hechelte.

»Jetzt kümmere ich mich mal um dich, mein kleines Bienchen.« Sie stellte ihrem Hund einen Napf mit Wasser hin. Der fing sofort an zu trinken.

Karl, der am Schreibtisch Platz genommen hatte, begann sofort, den Erpresserbrief zu untersuchen. Aus der obersten Schublade eines kleinen Schränkchens holte er Grafitpulver und einen Pinsel. Klößchen hatte den Brief schon in der Hand und faltete ihn auseinander. Dann legte er das Papier vor Karl auf den Tisch. Vorsichtig begann der, die Ränder einzupinseln. Abdrücke wurden sichtbar. Tim holte Klebeband aus der Schublade und zog die Abdrücke vorsichtig ab. Anschließend klebte er sie in sein Notizbuch neben die von Bauer Krone, Markus Krone und Klaus Thiele.

Auch auf dem Plakat hatten sie Glück. Am Stiel fanden sich verschiedene Abdrücke. Genauso auch am Stockmeißel.

Als alle nebeneinanderklebten, nahm Karl seine Brille ab, um sie zu putzen.

Klößchen beugte sich über das Sammelsurium der Abdrücke. Konzentriert starrten auch Gaby und Tim darauf.

Klößchen tippte auf die Seite. »Schaut mal, auf der Anhängerspritze waren die Abdrücke von Bauer Krone und einer weiteren Person.«

»Hier!«, rief Gaby aufgeregt. Sie deutete auf den Abdruck, den sie heimlich von Klaus Thiele genommen hatten.

Karl setzte seine polierte Brille wieder auf. »Stimmt, der passt.«

»Krass«, staunte Tim. »Frau Thieles Vater hat die Anhängerspritze demoliert, damit Bauer Krone keine Pestizide verteilt?«

»Weil er die Bienen so mag und sie schützen will«, sagte Gaby.

»Trotzdem ist das schon ganz schön abgezockt«, fand Tim.

»Meint ihr, er hat auch die Bienen auf dem Rathausdach entführt?«, überlegte Klößchen.

»Irgendwie ergibt das keinen Sinn«, fand Gaby.

»Guckt mal, den Abdruck vom Plakat kann ich nicht zuordnen«, stellte Karl fest.

Oskar hatte fertig getrunken und schwänzelte zu Tim. »Möchtest du ein Leckerli?«Tim begann in seinem Rucksack zu kramen. »Das hab ich ja total vergessen!« Er fischte die Tüte mit dem Messer heraus, das er aus dem Reifen des Bürgermeisters gezogen hatte.

Karl begutachtete es. »Das ist ein Imkermesser.«

»Wozu braucht man denn als Imker Messer?«, überlegte Klößchen. »Um kleine Honigbrote für die Bienen zu schmieren?«

Oskar wuffte. Tim hatte die Tüte mit den Leckerlis gefunden und hielt Oskar eines vor die Schnauze.

»Das wird zur Honigernte verwendet«, wusste Karl. »Wir werden es bestimmt noch von Markus erfahren.« Er pinselte den Messergriff ein. Die Klebestreifen sicherte Tim in seinem Notizbuch.

»So, und jetzt haltet euch fest«, sagte Tim mit Blick auf die Fingerabdrücke. »Der Abdruck auf dem Drohbrief ist der gleiche wie auf dem Stockmeißel, dem Imkermesser und dem Plakat. Und er ist weder von Herrn Thiele noch von Markus.«

»Auf dem Messer ist aber noch ein anderer Abdruck«, fiel Karl auf. »Von Herrn Thiele.«

»Sabotiert der etwa alle Fahrzeuge?«, wunderte sich Gaby. Sie hockte sich neben Oskar, der sich auf dem kleinen bunten Teppich eingerollt hatte.

Klößchen kramte in seiner Hosentasche und holte ein Honigbonbon heraus. »Zwei Erkenntnisse. Erstens: Wenn die Schokolade alle ist, kann man das mit einem Honigbonbon überbrücken.« Er wickelte das Bonbon aus und warf es sich in den Mund. »Zweitens: Wir sollten die unbekannte Person suchen.«

»Stimme zu«, sagte Gaby.

»Der Drohbrief sagt uns ja, dass es hier vor allem darum geht, dass die Natur in der Millionenstadt besser geschützt werden sollte«, überlegte Karl. »Und dass weitere Bienen verschwinden werden, wenn der Bürgermeister seine Pläne nicht ändert.«

»Die Bienen wurden quasi als Geiseln genommen«, kommentierte Tim. »Und nicht, weil die Diebe damit goldenen Honig herstellen wollen.«

»Die Entführer, nicht Diebe«, stellte Klößchen klar. »Bis jetzt hält der Bürgermeister ja an seinen Plänen zum Autobahnausbau fest.« Plötzlich schlug er sich mit der Hand vor den Mund. »Was ist, wenn unsere Bienen auch entführt werden?«

Gaby riss die Augen auf. »Ja, vielleicht sind sie die nächsten Opfer?«

»Aber wir sollten einen Plan schmieden«, entschied Tim.

Die Freunde hockten sich im Schneidersitz um Oskar herum und begannen etwas auszuhecken ...

Bienenstich und Schuhsohle

Die Detektive hatten sich aufgeteilt. Während Tim und Klößchen sich auf den Weg zur Imkerei gemacht hatten, rasten Karl und Gaby zum Internat. Sie stellten ihre Räder ab und liefen mit Oskar zusammen über den Schulhof. Auf einer Tischtennisplatte saß Bela aus der 9c. Er ließ die Beine baumeln und presste eine Wasserflasche an seine Wange.

»Ist ihm heiß?«, raunte Gaby Karl zu.

Karl sah genauer hin. »Seine Wange ist ziemlich rot.«

Nun erkannte Gaby es auch. »Und geschwollen. Vielleicht kühlt er sie?«

»Seine Eltern haben doch gesagt, dass er eine Bienengiftallergie hat«, erinnerte sich Karl.

Gaby lief auf Bela zu. »Hat dich eine Biene gestochen?«

»Kann euch doch egal sein.« Bela sprang von der Tischtennisplatte herunter.

Dabei fiel seine Flasche auf den Boden und das Wasser schwappte heraus. Er hob sie auf und lief zur Treppe.

Da bemerkte Karl etwas. Bela war durch das Wasser gelaufen und seine Turnschuhe hatten einen nassen Abdruck auf dem Beton hinterlassen. Karl reagierte schnell und machte mit seinem Handy ein Foto davon, ehe die Sonne die Spur verdunsten ließ. Sofort schickte er das Bild an Tim und bat ihn, die Abdrücke mit denen aus dem Beet zu vergleichen. Bela war bereits auf den Stufen, als Karls Handy piepte.

Karl zeigte Gaby Tims Nachricht.

»He, Bela!«, rief die dem älteren Schüler hinterher. »Warte mal!«

Bela blieb stehen und drehte sich um. »Was ist los?«

»Du hast die Blumen im Schulgarten platt getrampelt«, sagte Gaby ihm auf den Kopf zu. »Wir haben Beweise.« Sie zeigte auf Karls Handydisplay mit den Fotos.

»Warum?«, fragte Karl. »Als Rache, dass wir Bienen haben?«

»Quatsch!« Bela schüttelte den Kopf. »Ich find es ja selbst gut, dass die Bienen da sind.«

»Aber deine Eltern ...«, begann Gaby und wurde von Bela unterbrochen: »Meine Eltern sind total übervorsichtig. Das nervt. Nur weil ich als Kind mal einen Bienenstich am Finger hatte, der angeschwollen ist.«

»Na ja«, sagte Karl. »Meistens passiert nichts, aber so eine Allergie kann auch sehr gefährlich werden. Im schlimmsten Fall bekommt man starke Atemnot und muss sofort ins Krankenhaus.«

»Das weiß ich alles. Und ich habe sogar immer ein Notfallmedikament dabei«, sagte Bela. »Aber man kann mich doch nicht von allem fernhalten.«

»Das stimmt«, bestätigte Gaby. »Warst du im Garten, um zu sehen, was passiert, wenn du gestochen wirst?«

»Das jetzt auch nicht«, wiegelte Bela ab. »Ich wollte mir den Garten einfach mal angucken. Als eine Biene auf mich zugeflogen ist, hab ich doch ein bisschen Schiss bekommen und mit der Hand rumgefuchtelt. Und, schwupps, hat sie gestochen. Und dann bin ich vor Schreck auf die Blumen getreten.« Bela ließ den Kopf hängen. »Tut mir leid. Ich hätte es euch sagen sollen.«

Karl nickte. »Oder uns wenigstens beim Aufräumen helfen.«

»Hast du meinen Ficus mitgenommen?«, wollte Gaby wissen.

»Was?« Bela strich sich über seine geschwollene Wange. »Nein. Ich hab nur ein paar Erdbeeren genascht.«

»Na, das wird Klößchen aber nicht besonders freuen«, stöhnte Gaby.

»Ich will nicht petzen«, seufzte Bela. »Aber ich hab tatsächlich ein Mädchen gesehen, das deine Pflanze ausgegraben hat.«

»Wie sah sie aus?«, fragte Gaby wütend.

»Mittelgroß, gelbe Jacke. Vielleicht zehnte Klasse«, beschrieb Bela. »Mehr kann ich leider nicht sagen.«

Bela verschwand und Gaby und Karl liefen Richtung Schulgarten. Es dämmerte bereits.

Gaby schaltete ihr Handy lautlos. »Karl, mach du dein Handy auch leise. Nicht dass uns eine Nachricht von Tim oder Klößchen verrät«, flüsterte sie.

Erstes Geständnis

Tim und Klößchen betraten den kleinen Laden, in welchem Klaus Thiele mit einem Becher Tee hinter der Theke stand. »Ach, hallo, ihr schon wieder«, sagte er freundlich.

»Wir brauchen mehr Honigbonbons«, verkündete Klößchen. Er nahm ein Glas Honig. »Und den hier. Für meinen Onkel Theo.« Klößchen holte weitere Gläser. »Und noch eines für Tante Freya. Außerdem für den Cousin von Papa, Florian.« Er stapelte die Gläser auf dem Tresen übereinander.

Klaus Thiele stellte lächelnd seine Tasse ab. »Du hast ja eine große Familie.«

Klößchen nickte. Er nahm eine Papiertüte von einem Stapel und schüttete mit der silbernen Schaufel Bonbons hinein. Dann legte er die Tüte zu den Honiggläsern auf den Tresen. »Der Honig und die Bonbons sind wirklich vorzüglich.«

Klaus Thiele lächelte. »Ja, wir geben unser Bestes,

damit es den Bienen gut geht und sie allerfeinsten Honig produzieren.«

»Wäre es dann nicht besser, die Bienen nicht in der Nähe Ihres Nachbarn zu halten?«, wagte Tim sich vor.

Das Lächeln des Mannes verschwand. »Du meinst, weil Herr Krone Pestizide verwendet?«

Tim nickte. »Das ist doch schädlich für die Bienen.«

Klaus Thiele nickte. »Er ist verbohrt und hört uns nicht zu. Meine Enkelin Anna hat ihm schon mehrmals erklärt, dass es –«

»Wir wissen, dass Sie die Anhängerspritze manipuliert haben«, preschte Tim nun vor.

Herr Thiele sah ihn überrascht an. »Wie bitte?«

»Wir haben Ihre Fingerabdrücke genommen und diese auch auf der Anhängerspritze gefunden«, erklärte Klößchen, während er aufgeregt ein Honigbonbon auswickelte.

Herr Thiele blickte die beiden ernst an. »Ihr seid ganz schön clever ... Ja, es stimmt. Ich war so wütend auf Roland, dass ich nach einem Streit mit ihm ein Loch in den Einlauftank geschnitten habe. Mit meinem Imkermesser.«

»Sie müssen sehr wütend sein«, hakte Tim nach. »Mit Ihrer Aktion haben Sie ja seine Ernte gefährdet.«

»Ich ärgere mich schon lange über ihn«, erklärte Herr Thiele. »Und ich wünschte, er würde mal über Alternativen nachdenken und seine Freundschaft mit unserem Bürgermeister nutzen, um den davon zu überzeugen, dass er mehr für die Umwelt tun muss. Ein paar Bienen auf dem Dach reichen nicht.«

Klößchen nickte. »Und dann fährt der auch noch so ein riesiges Auto.«

»Haben Sie auch den Reifen zerstochen?«, hakte

Tim nach. »Ein Imkermesser mit Ihrem Fingerabdruck steckte nämlich im Reifen.«

Der Imker sah die beiden überrascht an. »Wie bitte? Nein! Aber ich habe das Messer schon gesucht.« Er kratzte sich am Kopf. »Es war falsch, was ich gemacht habe, aber mittlerweile denke ich, dass man lauter werden muss, um die Politik wachzurütteln. So wie meine Enkelin Anna und ihr Freund Paul.«

»Aber Sie müssen sich bei Ihrem Nachbarn entschuldigen«, sagte Klößchen entschieden.

»Ja, du hast recht. Ich gehe zu Roland und sag ihm, dass ich seine Spritze beschädigt hab«, verkündete Herr Thiele. »Wartet ihr kurz hier und passt auf den Laden auf?«

»Klar.« Klößchen nickte.

»Denkst du, was ich denke?«, fragte Tim Klößchen, als der Imker draußen war.

»Dass Anna und ihr Freund Paul unter die Lupe genommen werden sollten?«

»Genau.« Tim begann, die Honiggläser in seinen Rucksack zu packen. »Paul hat Zubehör gekauft, aber keine Bienen.«

»Ja, und im Lager waren doch auch Dinge verschwunden«, erinnerte sich Klößchen. »Er könnte es gestohlen haben, für die ebenfalls gestohlenen Bienen. Genauso wie das Imkermesser.«

Die beiden sahen sich an. »Wir sollten mal bei Gaby und Karl nach dem Stand der Dinge fragen«, sagte Tim und wählte Karls Nummer. Doch der ging nicht ran.

Auf der Lauer

»Mist!«, fluchte Karl. »Irgendwas ist mir in den Pullover gekrabbelt.« Mit der Hand wischte er sich hektisch über den Nacken. Er lag mit Gaby hinter dem Komposthaufen im hinteren Teil des Schulgartens auf der Lauer. »Hoffentlich keine Assel oder ein Mistkäfer. Die finde ich mindestens genauso gruselig wie Spinnen.«

Oskar, der neben Gaby im Gras lag und an einem Stöckchen nagte, knurrte.

»Pssst«, zischte Gaby. »Unsere Handys sind lautlos und wir am besten auch.«

»Flüstern geht aber doch«, wisperte Karl.

Gaby nickte. »Oskar, du kennst ja das Spiel«, sagte sie zu ihrem Hund, während sie ihm über den Kopf strich. »Es ist ganz wichtig, dass du jetzt nicht bellst oder knurrst.«

Oskar wedelte mit dem Schwanz.

»Du bist der allerbeste Detektivhund der Millionenstadt«, sagte Karl und wurde zum Dank von Oskar abgeschleckt. »Iiiih«, quietschte er.

»Pssst«, zischte Gaby wieder. Konzentriert sah sie zur Gartenhecke. Dahinter befand sich der Parkplatz. Mittlerweile war es fast dunkel.

Karl fröstelte. »Und was machen wir, wenn tatsächlich jemand kommt und die Bienen stehlen will?«

»Das werden wir verhindern.« Gaby horchte auf. Ein Motorengeräusch kam näher. Hinter der Hecke hielt ein Lieferwagen. Gaby und Karl reckten die Hälse und sahen, wie zwei Gestalten in voller Imkermontur aus dem Auto stiegen und zur Gartenpforte schlichen. Mit einer Zange knackte eine der Gestalten das Vorhängeschloss. Gaby zog ihr Handy aus der Tasche und schrieb ihrem Vater eine Nachricht. Die beiden Eindringlinge hatten einen Bienenkasten dabei und begannen nun, die einzelnen Rahmen mit den Waben aus den Bienenkästen der Schule in ihren Kasten zu bugsieren.

Gaby und Karl konnten sehen, wie aufgescheuchte Bienen um die beiden herumflogen.

»Los, Gaby, wir müssen sie aufhalten«, raunte Karl. Er wollte aufspringen, aber Gaby hielt ihn am Arm fest. »Die Bienen könnten sich verteidigen wollen«, wisperte sie. »Und wir tragen keine Schutzkleidung.«

»Ja, hast recht«, flüsterte Karl. »Mist. Und jetzt?«

Oskar wurde immer unruhiger und wedelte heftig mit dem Schwanz.

»Scht«, hauchte Gaby und kraulte ihn zur Beruhigung.

»Ich kann nicht erkennen, wer das ist.« Karl kniff konzentriert die Augen zusammen. »Könnten das Belas Eltern sein?«

»Glaub ich nicht«, flüsterte Gaby.

»Wir müssen näher ran«, entschied Karl. Geduckt kroch er am Kompost vorbei durch das Beet.

»Pass auf, dass du nicht noch mehr Pflanzen plattmachst«, raunte Gaby. Im selben Moment fasste Karl in etwas Spitzes. Er wollte aufschreien, doch Gaby drückte ihm rasch die Hand auf den Mund. Karl erschrak noch mehr und biss Gaby aus Versehen in die Hand. Sie stöhnte auf. Oskar begann zu jaulen. »Was war das?«, wisperte Karl und sah, dass er in eine Rose gegriffen hatte. Hastig gingen die Detektive wieder in Deckung, aber zu spät. Die Bienendiebe hatten sie entdeckt und rannten mit ihrer Beute in den Händen los.

Gaby, Karl und Oskar sprinteten hinterher.

Blitzschnell verstauten die Bienendiebe den Kasten auf der Ladefläche des Kleintransporters und sprangen ins Auto. Gaby und Karl waren fast bei ihnen, es fehlten nur noch ein paar Meter. Die Fahrertür knallte zu.

In Karls Kopf ratterte es wie in einem Computer und er traf in Sekundenbruchteilen eine Entscheidung. Er zog sein Handy und setzte zum Wurf an. Geschickt schleuderte er das Telefon in Richtung eines offenen Fensters. Der Motor heulte auf. Im allerletzten Moment flog das Handy ins Autoinnere, und zwar auf die Rückbank. In der nächsten Sekunde knallte die Tür zu und der Wagen fuhr mit quietschenden Reifen los.

»Wow«, staunte Gaby.

»Gib mal dein Handy.« Karl streckte seine Hand aus. »Ich hab vorhin vorsichtshalber die Standortfreigabe eingeschaltet und wir können mein Telefon mit deinem orten.«

Er starrte auf Gabys Display. »Sie fahren Richtung Osten. Ins Industriegebiet.«

»Ich sage Papi Bescheid, dann kann er auch dahin kommen.« Schnell tippte Gaby eine Nachricht, dann setzte sie Oskar in den Fahrradkorb. Karl nahm Gabys Handy und klemmte es an seinen Lenker.

Als sie eine Weile gefahren waren, blieb Karl außer Atem stehen. »Mist, die Verbindung ist abgebrochen. Vermutlich kein Empfang.«

»Wo war denn ihr letzter Standort?«, wollte Gaby wissen. Sie beugte sich über ihr Handy. »Die sind in den Wald gefahren. Da ist doch auch dieses alte Fabrikgelände, das nicht mehr genutzt wird. »Wir sollten den anderen Bescheid sagen.« Gaby wählte Tims Nummer.

Bienen und Beton

»Endlich!« Tim nahm den Anruf entgegen. »Gaby, was ist denn bei euch los? Wir erreichen euch gar nicht.«

»Wir hatten die Telefone auf lautlos«, keuchte Gaby. »Die Bienen aus dem Schulgarten sind entführt worden! Wir konnten nichts machen. Die Entführer sind auf der Flucht Richtung Osten.«

Tim schaltete das Handy laut, sodass Klößchen und Klaus Thiele mithören konnten. Gaby berichtete, was passiert war.

»Gaby, Karl, ich hab genug gehört. Wo seid ihr?«, schaltete sich Klaus Thiele ein. »Wir suchen jetzt die Bienen und ich sammle euch ein.«

»Ich schicke unseren Standort auf Tims Handy«, antwortete Gaby.

»Da sind sie!« Gaby hatte den Lieferwagen der Imkerei entdeckt und hüpfte winkend auf und ab. Sie und Karl hatten sich im Schein einer Laterne an eine Bushaltestelle gesetzt.

Eilig stieg Klaus Thiele aus und öffnete die Ladeklappe des Wagens. Als die Räder verstaut waren und Karl, Gaby und Oskar zu Tim und Klößchen auf die Rückbank gerutscht waren, startete er den Motor. »Wohin fahren wir jetzt?«

Karl war in Gabys Handy versunken und durchforstete die Karten-App. »Zur alten Fabrik. Ist nicht weit von hier.«

»Du meinst das Gelände, auf dem früher mal ein Betonwerk war?«, fragte Gaby. »Es würde passen, die Bienen dahin zu bringen.«

»Warum?«, fragte Klößchen.

»Sie sind doch gegen Beton und für die Natur«, sagte Gaby.

Tim nickte. »Damit setzen sie ein weiteres Zeichen.«

»Aber für wen? Außer uns ahnt doch gar keiner, dass die Bienen da sind«, warf Klößchen ein.

»Hast nicht ganz unrecht«, nickte Tim.

Eine Viertelstunde später hielt der Lieferwagen in der Nähe des Fabriktors. Es war mit einem Bauzaun versperrt, an welchem sie vorbeischlüpfen konnten.

Oskar lief schwanzwedelnd los und wuffte.

»Psst! Oskar, bei Fuß!«, rief Gaby leise.

»Es ist so dunkel hier, ich sehe den Schokoriegel vor Augen nicht«, jammerte Klößchen. »Aber ich hab leider auch keinen.«

»Ach, Oskar hat etwas entdeckt!«, fiel Gaby auf. Schwanzwedelnd stand der Cockerspaniel vor einer alten, verwitterten Plane. Bei genauerem Hinsehen konnte man darunter das Auto der Bienenentführer erkennen. Tim aktivierte die Taschenlampenfunktion seines Handys. »Niemand drin. Auch keine Bienen.«

»Gruselig«, raunte Klößchen.

»Ich habe den Zweitschlüssel«, sagte Klaus Thiele. »Das ist der Zweitwagen meiner Tochter, den meine Enkelin nutzt.«

»Dann ist es also wirklich so: Anna und Paul sind die Bienendiebe«, war Tim sicher.

Klaus Thiele nickte. »Allerdings dachte ich, dass die Sache mit den Bienen auf dem Rathausdach eine einmalige Aktion war.«

Gaby blieb der Mund offen stehen. »Sie wussten davon?«

Karl klatschte sich mit der flachen Hand an die Stirn. »Als Sie an der Sitzblockade vor dem Rathaus vorbeigegangen sind, haben Sie Anna etwas zugesteckt. Und das war kein Bonbon, sondern die Magnetkarte. Damit konnten die beiden ins Rathaus gelangen.«

»Ja«, gab Klaus Thiele zu. »Bonbons und die Karte. Wisst ihr, ich bin es so leid, dass verbohrte Männer wie mein Nachbar oder unser Bürgermeister nicht mit sich reden lassen.«

»Sie haben sich also auch strafbar gemacht«, sagte Karl. »Und Ihre Enkelin zu einer Straftat angestiftet.«

Klaus Thiele zog gemeinsam mit TKKG die Plane

von dem Wagen und öffnete die Beifahrertür. »Das macht sie auch ohne mich«, erklärte er. »Sie ist eine Kämpferin. Und leider hat sie auch schon öfter gemerkt, dass Reden nichts bringt. Aber ich gebe euch recht. Jetzt geht das doch ein bisschen zu weit.«

»Genau. Aus unserem Schulgarten muss man nun wirklich keine Bienen entführen«, fand Gaby.

»Ja«, sagte Klößchen. »Die Bienen fühlen sich bei uns pudelwohl.«

Karl kroch auf die Rückbank und holte sein Handy heraus. »Es ist eingeschaltet. Vermutlich haben sie es nicht entdeckt, sondern es hatte einfach keinen Empfang.«

»Oh, mein Akku ist gleich leer«, stellte Gaby mit einem Blick auf ihr Handy fest. »Ich schreibe Papi, wo wir sind.« Eilig tippte sie eine Nachricht.

Klaus Thiele hielt sein Handy ans Ohr. »Anna hat ihr Telefon ausgeschaltet.«

»Ich finde es ja schon ziemlich gruselig hier«, gab Klößchen zu. »Sollten wir sie trotzdem suchen?«

Tim nickte und lief los.

»Aber wir bleiben zusammen«, mahnte Herr Thiele.

»Versprochen.« Gaby nahm Oskar an die Leine.

Im blassen Schein des Mondes liefen sie über den Weg Richtung Fabrikhalle. Zwischen den Pflastersteinen wucherten Gräser und Löwenzahn. Der Ruf einer Eule durchbrach die gespenstische Stille. Die Fassade der alten Halle war heruntergekommen. Wind und Wetter hatten deutliche Spuren hinterlassen. Das Gebäude lag wie ein großer grauer Klotz vor ihnen. Die Fensterscheiben waren zersplittert, einige waren komplett weg, andere mit Brettern zugenagelt.

»Ich geh rein.« Tim kletterte durch ein kaputtes Fenster im Erdgeschoss.

»Komm da wieder raus«, mahnte Herr Thiele ihn flüsternd.

»Gleich«, raunte Tim. »Ich höre was.« Er lauschte und lief ein Stück weiter, sodass er in der Dunkelheit schon kaum mehr zu sehen war.

Gefangen

»Tim!«, rief Klößchen.

»Wir holen ihn.« Gaby stieg mit Oskar auf dem Arm durch die Öffnung und setzte ihn auf den Boden. Auch Karl kletterte ins Innere der Fabrik.

»Na gut«, stöhnte Klößchen und schwang sich ebenfalls über das Fensterbrett. Die Freunde standen dicht beieinander und versuchten sich zu orientieren.

»Ihr dürft da nicht rein«, sagte Herr Thiele streng.

»Wir holen nur ganz schnell Tim und sind sofort wieder da«, versicherte Gaby. Sie nahm Oskar an die Leine.

»Hier bin ich!«, hörten sie Tim rufen.

»Mist, ich habe meine richtige Taschenlampe nicht dabei«, fluchte Karl.

»Tim, warte!«, rief Gaby.

Die Freunde liefen vorbei an einem alten Tisch und umgekippten Stühlen. »Das war wohl mal ein Konferenzraum«, stellte Gaby fest. »Tim!«, rief sie wieder.

»Hier!«, hallte seine Stimme von irgendwoher zu ihnen.

»Wo ist denn hier?«, rief Klößchen, als sie zu einem Flur gelangten.

»Hier hinten!«, rief Tim wieder.

»Seine Stimme klingt immer noch so weit weg«, stellte Klößchen fest. Er blieb stehen und fröstelte. »Gaby, dein Vater kommt gleich, oder?«

Gaby zog ihr Handy aus der Tasche. »Mein Akku ist leer«, stellte sie fest. »Aber bestimmt hat er die Nachricht gelesen und ist auf dem Weg.«

»Ich rufe ihn noch mal an«, entschied Klößchen. Er fummelte das Handy aus seiner Tasche. Dabei fiel es ihm hinunter. »Oh nein!« Klößchen hob das Smartphone wieder auf. »Mist! Das Display ist zersplittert.« Er tippte darauf herum. »Obermist!«, fluchte er. »Es lässt sich nicht mehr bedienen.«

»Leute!«, war wieder Tims Stimme zu hören. »Kommt mal her!«

»Das hier ist schlimmer als das Maislabyrinth, in dem ich neulich war«, meinte Klößchen.

»Hey, Kinder, kommt zurück!«, hallte die Stimme von Herrn Thiele durch das Gemäuer.

»Wir haben ihn gleich!«, rief Gaby. Sie hockte sich zu Oskar auf den Boden. »Such Tim.«

Mit der Schnauze am Boden wuselte er los. Die Freunde folgten ihm. Am Ende des Flurs blieb er an einer Tür stehen und begann zu knurren.

»Ist Tim da drin?«, fragte Gaby.

Oskar wuffte leise.

»Ich sehe gar nichts«, wisperte Klößchen. Langsam schlichen sie in den Raum. »Tim?«

Mit einem Knall fiel im selben Moment die Tür hinter ihnen zu. Die Detektive und Oskar erschraken.

»Oh nein!«, flüsterte Gaby. Sie drückte auf die Klinke, aber die Tür ließ sich nicht öffnen.

»Das war wohl ein Luftzug«, seufzte Karl.

»Sehe ich das richtig, dass wir eingesperrt sind?«, fragte Klößchen. Hektisch wühlte er in seiner Tasche. »Verdammt. Ich hab ja keine Schokolade.«

»Hast du ein Honigbonbon?«, fragte Gaby.

Klößchen schüttelte den Kopf. »Die sind in der Tüte im Rucksack. Und der ist im Auto.«

»Hört ihr das auch?«, fragte Gaby plötzlich.

»Ja, ein Summen«, fiel Klößchen auf. »Und dieses Mal ist es auch nicht mein knurrender Magen.«

»Leute, wo bleibt ihr denn?«, fragte Tim, dessen Stimme nun ganz nah war.

Karl, Klößchen und Gaby zuckten zusammen.

»Wo genau bist du? Es ist so dunkel«, beschwerte sich Klößchen.

»Hier hinten!«, antwortete Tim und schaltete die Taschenlampe seines Handys ein.

Sie befanden sich in einer kleinen Halle, am anderen Ende sahen sie Tim.

Er stand vor mehreren Bienenkästen. Einige Bienen summten um ihn herum.

»Ich glaube es irgendwie nicht. Die Bienen werden tatsächlich hier festgehalten«, staunte Klößchen.

Dann fiel ihm etwas auf. »Wir sind jetzt hier also mit Millionen Bienen eingesperrt?«

Die Honigfalle

Panisch sahen sie sich um.

»Und die Fenster sind von außen zugenagelt«, stellte Gaby fest.

»Wir sind eingesperrt?«, fragte Tim, der bis zu diesem Zeitpunkt keine Angst gehabt hatte.

»Ganz ruhig«, sagte Gaby. »Erinnert euch bitte: Bienen sind friedliche Tiere.«

»Genau«, bestätigte Karl. »Wobei sie ja schon auch Stress ausgesetzt waren in den letzten Stunden.«

»Na toll!« Tim wedelte sich vor dem Gesicht herum.

»Nicht!«, rief Gaby. »Das schreckt die Bienen doch nur auf.«

Und tatsächlich, immer mehr Bienen schwirrten um sie herum. Das Summen wurde lauter.

»Ich will hier raus«, ächzte Klößchen und machte ein paar Schritte rückwärts.

Auch Tim wurde blass. »Auf engem Raum einge-

sperrt mit hungrigen Bienenvölkern, das ist doch ein bisschen zu viel.«

Gaby lief noch einmal zur Tür und hämmerte dagegen. »Hallo?! Hört uns jemand?«

Klößchen drängte sich an Gaby vorbei und ruckelte an der Tür, aber es tat sich nichts. »Hilfe!«, schrie er laut, doch niemand schien sie zu hören.

»So ein Mist!« Gaby drehte sich zu ihren Freunden um. Im Schein von Tims Handytaschenlampe konnte sie sehen, dass Schweiß auf seiner Stirn stand.

»Was machen wir denn jetzt?«, fragte Gaby.

»Das Summen in meinen Ohren macht mich fertig«, beschwerte sich Karl. »Ich kann nicht gut denken. Aber wenn die Bienen sich nicht angegriffen fühlen, stechen sie auch nicht«, versuchte er seine Freunde zu beruhigen.

Gaby merkte, wie eine Biene auf ihrer Wange landete, und entdeckte auf Klößchens Hand zwei Exemplare. »Nicht bewegen.«

»Mist. Mein T-Shirt. Die denken, ich sei eine Blume, und kommen alle zu mir.« Klößchen deutete auf sein bunt geringeltes T-Shirt. »Eigentlich wollte ich ein weißes anziehen, aber die waren alle in der Wäsche.«

Gaby stand ratlos daneben. »Die Bienen sind wahrscheinlich seit ihrem Verschwinden den Großteil der Zeit in den Kästen gewesen. Vielleicht haben sie Hunger und sind alles andere als entspannt.«

Tim sah, wie eine Biene auf Klößchens Hals landete und Richtung Kragen krabbelte. Reflexartig wollte er das Insekt wegwischen. »Au!« Ruckartig zog er die Hand zurück. Ein stechender Schmerz bohrte sich in seinen Finger.

»Bist du gestochen worden?«, fragte Gaby.

»Ja.« Tim versuchte, den Stachel aus der Finger-

kuppe zu saugen, aber es ging nicht. »Wow, das tut echt weh! Könnt ihr mir helfen?«

Karl zog ein kleines Etui aus seinem Rucksack. »Eine Pinzette habe ich leider nicht«, sagte er. »Aber vielleicht kann ich diesen Draht hier verbiegen und die Tür damit öffnen.«

»Warte, ich helfe dir.« Mit spitzen Fingern versuchte Klößchen, den Stachel aus Tims Finger zu zupfen.

Karl schaute auf sein Display. »Ich habe keinen Empfang und der Akku ist auch gleich alle.«

»Dann wird's duster«, jammerte Klößchen und schaffte es im selben Moment, den Stachel zu entfernen.

»Danke!« Tim lief zu Karl und hielt dessen Handy so, dass Karl im Schein der Lampe hastig den Draht biegen konnte.

Mit zittrigen Fingern steckte er ihn in das Schlüsselloch und drehte daran herum. Das Summen der Bienen wurde immer lauter. TKKG hielten den Atem an.

Schließlich machte es Klack und die Tür ging auf. Die Freunde stürmten aus der Tür und schlossen diese hinter sich, da begann Oskar laut zu kläffen. »Hast du eine Fährte?«, fragte Gaby ihn. Oskar wetzte los, die anderen folgten ihm. Sie rannten durch den Flur und entdeckten zwei fliehende Gestalten. Jedes Mal, wenn sie um eine Ecke bogen, waren die beiden schon wieder weg.

»Ich hab das Gefühl, wir laufen im Kreis«, flüsterte Karl nach einer Weile.

»In der Dunkelheit kann man aber auch gar nichts erkennen«, wisperte Gaby. »Keine Fußspuren, nichts.«

»Vielleicht sollten wir die Spuren sichtbar machen«, fiel Karl plötzlich ein. »Hat jemand Wasser dabei?«

»Leider nicht«, hechelte Klößchen.

Tim nahm seinen Rucksack ab und wühlte darin herum. »Ich habe Honig.«

»Dann machen wir jetzt eine Honigfalle«, flüsterte Karl. Er öffnete das Glas und ließ den Honig auf den Boden tropfen.

»Was für eine Verschwendung«, klagte Klößchen. »Aber gut, wenn wir damit die Diebe unserer Bienen stellen, ist es vertretbar.«

Mit der flachen Hand verteilten er und Gaby den Honig großflächig auf dem Betonboden.

»Wir verstecken uns hier.« Tim zog die Freunde hinter einen Wandvorsprung. Gerade noch rechtzeitig. Schon waren die Schritte zu hören.

Klebrig und süß

TKKG hielten die Luft an. Die Schritte waren sehr nah.

»Ich glaube, wir haben sie abgehängt«, hörten sie Paul sagen. Im nächsten Moment gab es einen Aufschrei, gefolgt von einem dumpfen Geräusch. »Mist, was ist das denn hier auf dem Boden?«

Auch Anna war in den Honig getreten und rutschte aus. »Autsch!«

»Jetzt haben wir euch!«, triumphierte Gaby. »Anna, Paul, ihr seid identifiziert!«

Die Detektive kamen hinter dem Wandvorsprung hervor. Karl schaltete die Taschenlampe seines Handys an. Anna und Paul hockten auf dem Boden. Im Schein der Taschenlampe war plötzlich noch eine weitere Gestalt zu sehen. Im selben Moment erlosch das Licht. Die Freunde erstarrten. Klößchen griff nach Gabys Hand.

»Mist, das war's mit meinem Akku«, seufzte Karl leise.

»Wer ist das denn?«, wisperte Gaby.

Augenblicklich ging wieder ein Licht an und TKKG konnten die Gestalt erkennen.

Es war Kommissar Glockner.

»Papi!« Gaby stürmte auf ihren Vater zu.

Die beiden Bienendiebe waren gerade dabei, wieder aufzustehen.

»Mannomann, das klebt«, seufzte Paul.

»Das sind die Bienendiebe, die gerade in unsere klebrig-süße Falle getappt sind«, fasste Gaby für ihren Vater zusammen.

»Ihr habt uns aber nicht absichtlich mit den gestohlenen Bienen eingesperrt, oder?«, fragte Tim, dessen Finger rot und angeschwollen war.

»Natürlich nicht!«, sagte Anna. »Wir wollten die Tür von außen aufmachen, aber haben es auch nicht hinbekommen. Ich wollte Hilfe holen, das müsst ihr mir glauben.«

Gaby legte den Kopf schräg. »Ich weiß nicht so recht. Warum seid ihr denn dann abgehauen?«

»Ihr wart ja schon frei«, sagte Anna schulterzuckend. »Wir wollten halt nicht auffliegen.«

»Tja, und dann seid ihr hingeflogen«, entgegnete Tim grinsend.

»Ja, schöner Mist«, klagte Paul. »Wir wollten, dass Wichtigmann endlich kapiert, dass in einer Stadt aus Beton keine Bienen überleben können.«

Karl zog die Stirn kraus. »Und was hattet ihr mit

den Bienen vor? Die können ja nicht ewig in der Halle sein, da verhungern sie doch.«

»Ein Freund von mir hat einen Biobauernhof, da wollten wir sie morgen hinbringen«, erklärte Paul. »Mit der Aktion wollten wir Wichtigmann unter Druck setzen und ihm zeigen, dass seine Umweltpolitik heuchlerisch ist.«

»Von euch waren auch die Plakate, das Laken an der Rathausfassade und ihr habt den Reifen von Wichtigmanns Auto zerstochen«, fasste Tim zusammen. »Mit Herrn Thieles Imkermesser.«

»So, wir gehen jetzt erst mal alle hier raus«, entschied der Kommissar. Er wählte eine Nummer. »Herr Thiele, ich habe die Kinder gefunden ... Ja, wir treffen uns draußen.«

Klößchen hatte das Honigglas in der Hand und leckte seinen Finger ab. »Mhhh, so schön süß«, seufzte er.

»Wie du«, scherzte Gaby.

»Warum hast du denn das Glas in der Hand?«, erkundigte sich Karl.

»Ich bin dran kleben geblieben«, erklärte Klößchen betont unschuldig.

Sie kamen zeitgleich mit Herrn Thiele wieder draußen an. »Mensch, ich habe euch gesucht. Die Fabrik ist echt groß.«Er seufzte erleichtert. »Gut, dass ihr alle unversehrt rausgekommen seid.«

»Und Sie haben den beiden geholfen?«, fragte Herr Glockner ihn.

»Ich gebe zu, den beiden ein bisschen zur Seite gestanden zu haben«, sagte der Imker. »Das ist natürlich nicht okay. Aber wissen Sie, ich bin enttäuscht von der Politik, die doch immer wieder nur ihre eigenen Interessen vertritt. Dabei ist es allerhöchste Eisenbahn, im Umweltschutz neue Wege zu gehen.« Er drehte sich zu TKKG.

»Neue Straßen zu bauen und weiter chemische Pflanzenschutzmittel zu verwenden ist der falsche Weg!«, bestätigte Anna.

»Das klingt sehr plausibel«, sagte Herr Glockner. »Dennoch haben Sie sich strafbar gemacht.«

»Das sehe ich ein. Aber ich möchte gemeinsam mit meiner Enkelin für eine bessere Zukunft kämpfen!«, wiederholte Herr Thiele.

»Wir auch«, versicherte Gaby. »Gemeinsam mit unseren Schulgarten-Bienenvölkern!«

Neue (Rad-)Wege

»Willkommen zu Hause, Wilde Hummel«, sagte Klößchen. Er trug einen Imkeranzug und hockte vor den Bienenkästen. Markus hatte sie gleich am nächsten Tag aus der stillgelegten Fabrik abgeholt und wieder aufgestellt. An der Öffnung waren nur wenige Bienen zu sehen. »Keine Sorge, wir passen gut auf euch auf. Dann müsst ihr euch auch nicht angegriffen fühlen und mit dem Stich euer Leben lassen.«

»Ihr könnt ruhig rauskommen und auf Erkundungstour gehen«, sagte Tim, der neben Klößchen stand.

Klößchen hielt sein Handy mit einem Foto von Blumen vor den Schlitz. »Alle Bienen herhören: Herr Wichtigmann hat ganz viele Pflanzen gespendet, die wir hier im Garten und auf dem Rathausplatz einpflanzen werden.«

»Dein Handy ist also auch wieder ganz, Klößchen«, freute sich Karl.

»Ja, zum Glück musste nur das Display ausgetauscht werden. Wie geht es deinem Finger, Tim?«

»Viel besser. Ich hab ihn gestern noch gekühlt.« Oskar, der neben Tim saß, wuffte und leckte ihm über die Hand.

Die anderen Mitglieder der AG *Wilder Löwenzahn* waren bereits dabei, die Pflanzen in den Beeten zu verteilen.

Bela aus der 9c kam dazu.

»Guckt mal«, flüsterte er Gaby ins Ohr. »Dahinten ist das Mädchen, das deinen Ficus ausgegraben hat.«

Gaby kniff die Augen zusammen. »Das ist Marie aus der 10a. Und jetzt trägt sie doch echt meine Pflanze über den Schulhof!«

Ohne zu zögern, lief Gaby los und stellte das Mädchen zur Rede. Marie ließ den Kopf hängen. »Meine Oma hat heute Geburtstag und liebt diese Pflanzen so sehr. Mein Taschengeld hat nicht gereicht. Da dachte ich ...«

»Ich liebe sie auch«, entgegnete Gaby. »Wie jede Pflanze.«

»Hier, nimm sie wieder«, sagte Marie und hielt ihr die Pflanze hin. »Entschuldige.«

»Ach, weißt du was? Schenk den Ficus gern deiner Oma«, sagte Gaby mit Blick auf den Schulgarten, in dem fleißig gepflanzt und gewerkelt wurde.

»Echt?« Marie strahlte.

»Komm später wieder«, sagte Gaby. »Und hilf uns gern beim Pflanzen.«

»Danke.« Mit einem breiten Lächeln auf dem Gesicht lief Marie davon.

»Ich helfe auch!«, verkündete Bela.

Gaby sah ihn überrascht an. »Und was sagen deine Eltern?«

»Ich hab noch mal mit ihnen geredet. Sie haben eingesehen, dass sie mich nicht immer beschützen können.«

»Perfekt, dann kannst du uns bei unserer Urban-Gardening-Aktion auf dem Rathausplatz unterstützen!«, freute sich Gaby.

»Ich mache auch mit«, schallte die Stimme von Herrn Glockner über den Schulhof.

»Gute Neuigkeiten!«, freute sich Karl. Er war gerade dabei, neue Hyazinthen zu pflanzen.

»Und ich habe noch bessere Neuigkeiten«, lachte der Kommissar.

»Schieß los, Papi!«, rief Gaby gespannt und wischte sich eine Strähne aus der Stirn.

»Herr Wichtigmann ist euch sehr dankbar, dass ihr den Fall gelöst habt. Paul, Anna und Herrn Thiele will er auch nicht anzeigen, aber sie sollen ihm nun helfen, neue Konzepte zu entwickeln, wie die Stadt grüner werden kann.«

»Und machen sie das denn?«, fragte Gaby.

»Ja, unter der Bedingung, dass nicht die Autobahn weiter ausgebaut wird, sondern die Radwege«, berichtete Glockner.

»Super!«, rief Karl. »Dann muss man als Radfahrer nicht mehr solche Angst haben, umgenietet zu werden.«

»Und darauf hat sich unser Bürgermeister eingelassen?«, fragte Gaby ungläubig.

»Ja, ihr habt ihn wohl ganz schön beeindruckt«, sagte der Kommissar stolz. »Was mich aber nicht davon abhält ...«

»... uns zu sagen, dass wir uns nicht in Gefahr begeben sollen«, führte Gaby den Satz ihres Vaters zu Ende.

»Genau.« Der Kommissar krempelte die Ärmel

hoch. »Dann laden wir mal die Pflanzen in meinen Wagen.«

»Ich sehe die Schlagzeile schon vor mir«, lachte Tim. »Blumen mit Blaulicht auf dem Weg zum Rathaus.«

Klößchen zog sich den Imkerhut vom Kopf. »Wenn die Pflanzen eingesetzt sind, will ich endlich mehr übers Imkern lernen. Mein Vater wartet schon auf unseren ersten Honig. Und ich will auch unbedingt mal Bienen streicheln.«

»Das geht?«, fragte Bela.

»Ja, Markus hat erzählt, dass man mit sehr viel Erfahrung die Hand in einen Bienenstock legen kann und dass dann die Bienen darauf herumkrabbeln.«

Karl schüttelte sich. »Ich glaube, da muss ich passen.«

»Hauptsache, du passt nicht beim Blumenpflanzen«, lachte Gaby. »Heute ist jeder grüne Daumen in der Millionenstadt gefragt!«

TKKG JUNIOR

ISBN 978-3-440-17145-5
ca. €/D 7,–

Sonderbände

ISBN 978-3-440-16849-3
ca. €/D 11,–

Bücher für Erstleser

ISBN 978-3-440-17096-0
ca. €/D 8,–

ISBN 978-3-440-17555-2
ca. €/D 9,–

Hörspiele ab 6 Jahren

Als CD, Tigercard, Tonie und bei allen Streaming-Anbietern erhältlich.

Punkte sammeln auf antolin.de

kosmos.de

tkkg-junior.de

TKKG JUNIOR

Erlebe spannende Abenteuer mit Tim, Karl, Klößchen und Gaby!

☐ Auf frischer Tat ertappt
☐ Vorsicht: Bissig!
☐ Giftige Schokolade
☐ Der Rote Retter
☐ Papageien in Not
☐ Zwischen Gauklern und Ganoven
☐ Nachts im Gruselpark
☐ Die Dino-Diebe
☐ Der Roboterhund
☐ Rote Karte für Betrüger
☐ Der gepanschte Punsch
☐ Der verborgene Schatz
☐ Wolfsnächte
☐ Das Witzebuch*
☐ Diebe, Gauner, Betrüger!+
☐ Kein Hitzefrei für Detektive+
☐ Hokuspokus zum Geburtstag
☐ Skandal im Skatepark
☐ Detektive auf Tauchstation
☐ Vier Pfoten in Not
☐ Trügerischer Paddelspaß
☐ Die Honigfalle

Jeder Band mit 128 Seiten | Je ca. €/D 10,–
+ Sonderband ca. €/D 11,– | * ca. €/D 7,–
Preisänderung vorbehalten

kosmos.de

tkkg-junior.de